陰謀！無礼討ち

椿平九郎 留守居秘

見 俊

時代小説

二見時代小説文庫

陰謀！無礼討ち ——椿平九郎 留守居秘録3

目次

第一章　水争い　7
第二章　御免《ごめん》の証人　63
第三章　恵《めぐみ》の水　124

第四章　無礼の黒幕　174
第五章　水神の罰　229

第一章　水争い

一

「無礼者！」

雷鳴《らいめい》のような声で椿平九郎《つばきへいくろう》は呼び止められた。

浅草《あさくさ》の料理茶屋花膳《はなぜん》の縁側である。花膳は大名藩邸の留守居役《るすいやく》たちが会合を持つ高級料理屋だ。平九郎も出羽国《でわのくに》羽後横手藩《うごよこてはん》十万石大内山城守《おおうちやましろのかみ》家の留守居役を務めている。

振り返った平九郎は、留守居役とは思えない二十八歳という若さ、長身ではないが、羽織《はおり》、袴《はかま》の上からもわかる引き締まった頑強な身体つきだ。

ただ、面差《おもざ》しは身体とは反対に細面《ほそおもて》の男前、おまけに女が羨《うらや》むような白い肌をしている。つきたての餅《もち》のようで、唇は紅《べに》を差したように赤い、ために役者に生まれたら女形《おんながた》で大成しそうだ、とは江戸詰めになって以来、家中《かちゅう》で噂されている。

「何か、わたしが御無礼な所業《しょぎょう》を致しましたか」

努《つと》めて冷静に平九郎は問いかけた。

夜の帳《とばり》が下《お》り、庭の石灯籠《いしどうろう》に灯りが灯っている。夜空を三日月が彩《いろど》っていた。そんな風情《ふぜい》ある景観を台無しにする男の怒声《どせい》だ。

「わしの足を踏んだではないか。詫びもせず、立ち去るとは無礼だ！」

相手は呂律《ろれつ》が怪しくなっている。

髷《まげ》が乱れ、小袖《こそで》の襟元もはだけていた。相当酒が入っているのは確かだ。何処《どこ》かの大名家の家臣だろうか。平九郎が交流を持つのは、江戸城大広間詰めの大名家の留守居役たちだ。見知らぬ男は見上げるような大柄、突き出た顎の先にある黒子《ほくろ》が印象的である。

「お言葉ですが、わたしは貴殿の足を踏んではおりませぬ」

慇懃《いんぎん》に返す。

「惚《とぼ》けるな！」

男はわめき立てた。

「失礼ながら、貴殿は過ごしておられる。水で顔を洗い、少し休まれてはいかがですか」

平九郎の気遣いを酔っ払いが聞くはずもなく、

「おのれ、言い逃れをしおって。よし、刀にかけて白黒をはっきりさせてやる」

男は大刀の柄に手をやろうとしたが、大刀は刀部屋に預けるのが決まりとあって、脇差が差してあるばかりだ。

食膳を運ぶ女中たちが通り過ぎることができず、立ち止まって恐々《こわごわ》成り行きを見守っていた。すると、女中たちの間をすり抜け、一人の娘がやって来た。花膳の娘、お鶴《つる》である。

お鶴は平九郎と酔っ払いの間に立ち、

「他のお客さまにご迷惑がかかります。どうぞ、お部屋にお戻りくださりませ」

お鶴は毅然《きぜん》と言った。

名は体《たい》を表す、の言葉通り、お鶴は鶴のような長い首と、細面の瓜実顔《うりざねがお》、白鶴の優雅さを漂わせている。それが酔っ払い武士にもたじろがない堂々とした態度と相まって高級料理茶屋の女将《おかみ》の貫録《かんろく》を示していた。

実際、お鶴は娘といっても店の切り盛りを任せられている、事実上の女将であった。

「ここが迷惑なら庭に降りろ」

男は平九郎の返事を待たず、縁側を飛び降りた。平九郎はお鶴に、

「迷惑をかけるがやむを得ぬ。適当に相手をする。店には迷惑をかけぬ」

一礼して、庭に降り立った。

「わたしは羽後横手藩大内家中、椿平九郎と申します」

自分が名乗ることで相手も素性《すじょう》を明かさざるを得ない。素性を公言すれば、多少は酔いが醒めるだろうと、期待した。

ところが、

「わしは上州《じょうしゅう》榛名藩《はるなはん》清瀬《きよせ》伯耆守《ほうきのかみ》さま家来、古田繁太郎《ふるたしげたろう》だ」

堂々と名乗りを上げ、お鶴を見て怒鳴った。

「わしと椿の刀を持ってまいれ」

断ると思ったお鶴は、「わかりました」と縁側を歩き去った。

ここに至って、あちらこちらの座敷から侍たちが出て来た。

「今のうちだぞ。刀が届く前なら、詫びを受け入れてやる。両手をつけ」

勝ち誇ったように古田は言った。

他家とのいさかいは避けなければならない。榛名藩は譜代《ふだい》、藩主清瀬伯耆守は幕府

側用人《そばようにん》の重職にある。清瀬家の家臣と刃傷沙汰《にんじょうざた》になっては御家《おいえ》の大事だ。

かといって、こちらに非がないのに土下座などしたら、武士の恥辱《ちじょく》であり、藩主盛《もり》義《よし》の名まで穢《けが》す。

さて、どうしたものかと迷っていたところにお鶴が戻って来た。両手に木刀《ぼくとう》を抱えている。

「お武家さま同士、刀を抜いては大事《おおごと》、勝負ならこれで十分でござりましょう。どうぞ、御庭をお貸し致しますので、剣術の試合をなさってください」

お鶴らしい機転に平九郎は応じ、古田も不承不承《ふしょうぶしょう》受け入れた。

縁側に見知らぬ侍たちが立ち、高見の見物を決め込んだ。

古田は木刀を二度、三度素振《すぶ》りした。夜風がびゅんと切り裂かれる。平九郎も軽く素振りをして、

「いざ」

と、木刀を下段に構えた。

古田は大上段に振りかぶる。

酔いが醒めたのか一角《ひとかど》の剣客《けんかく》なのか、古田に隙はない。長身を生かした大上段からの一撃を脳天《のうてん》に食らえば、木刀といえど、命はないだろう。

対峙《たいじ》する二人の額に汗が滲《にじ》んだ。

夜とはいえ、残暑厳しい文月《ふづき》三日である。地べたに籠った熱気がじんわりと湧き上がってくる。

体格差のある平九郎は時をかけず、勝負を決するべきだ。

「横手神道《しんとう》流、必殺剣朧月《おぼろづき》！」

平九郎は腹の底から野太い声を発した。

と不思議なことに、残暑の晩にもかかわらず、麗《うら》らかな春の日差しが平九郎を温かく包み込んだ。

古田は顔を歪《ゆが》ませ踏み込もうとした。

しかし、間合いが詰まらない。

平九郎の前に薄い蒼《あお》の靄《もや》のようなものがかかり、古田の耳に野鳥の囀《さえず》りや小川のせせらぎが聞こえてくる。

いきり立っていた古田の戦意が失われてゆく。

平九郎は木刀の切っ先をゆっくりと動かし始めた。吸い寄せられるように古田の目が切っ先に釘付けとなる。

ここで、平九郎は切っ先で八文字を描いた。

古田の双眸《そうぼう》に平九郎の大刀が朧に霞む。

平九郎は木刀を正眼に構え直した。

「死ね！」

雄叫《おたけ》びを上げるや古田は大上段に構えたまま斬り込んできた。

が、そこにいるはずの平九郎の姿はない。

視線を彷徨《さまよ》わせ、前のめりになった。

横に立った平九郎は古田の首筋を木刀で打ち据えた。

古田は膝から頽《くずお》れた。

縁側に立つ武士たちから賞賛の声が上がった。平九郎は懐紙《かいし》で額の汗を拭い、縁側に歩み寄るとお鶴に木刀を返した。

古田は立ち上がり、

「木刀なんぞで勝負ができるものか。刀を持って来い！」

と、往生際《おうじようぎわ》悪く叫び立てた。

そんな古田に呼応《こおう》するように、「そうだ」と言い立てながら数人の侍が庭に飛び降りた。みな、凄い形相《ぎようそう》で平九郎を睨《にら》んでいる。

お鶴は顔をしかめた。端整《たんせい》な面差しを歪《ゆが》ませながら止めに入ろうとした。すると、お鶴を制し、一人の武士が縁側を降りて、きびきびとした足取りで古田たちの前に立った。

古田はばつが悪そうにそっぽを向いた。

「これ以上恥を晒《さら》すな。殿の名を穢す気か」

武士は古田たちをねめつけた。

古田は一礼し、すごすごと立ち去った。他の男たちも続いた。

武士は平九郎に向き直り、

「拙者《せっしゃ》、清瀬家留守居役、林田右近《はやしだうこん》でござる。このたびは当家の古田が無礼なる振る舞いを致し、まことに申し訳ござらん」

丁寧《ていねい》な所作《しょさ》で腰を折った。

「なに、もう済んだことです。あのような美しい三日月を愛《め》で、古田殿は過ごされたのでしょう。酔った上での座興《ざきょう》と致しましょうぞ」

平九郎は言った。

「かたじけない」

林田はお鶴に平九郎に詫びたいゆえ、座敷の手配を頼んだ。お鶴は満面の笑みで受け入れた。

文政《ぶんせい》四年（一八二一）文月、平九郎が留守居役となり、一年半が過ぎようとしていた。

二

平九郎は林田右近と別室で飲み直した。

「椿殿、とんだ醜態《しゅうたい》を見せてしまい、申し訳ない」

林田はさっと頭を下げた。

「まあ、よろしいではありませぬか。武士は相身互《あいみたが》いですぞ」

にこやかに平九郎は返した。

「そう言って頂けますと、ありがたいですが同時に顔から火が出ます」

林田は頭を掻いた。

「それにしましても、林田殿は相当に研鑽《けんさん》を積んでおられますな。剣こそ使われなかったが、古田殿と対した所作は堂に入ったもの。優れた武芸者の風格を感じました」

「そうおっしゃる椿殿こそ手練《てだ》れとお見受け致した。手練れであるばかりか、肝《きも》が据《す》わっておられる。留守居役として数々の修羅場を潜《くぐ》ってこられたものと拝察《はいさつ》致します」

林田に賛辞を重ねられ、尻がこそばゆくなった。

「わたしは昨年に留守居役を拝命したばかりの若造です」

自嘲《じちょう》気味な笑顔を浮かべながら平九郎は正直に打ち明けた。

「お若いのに留守居役を任されるとは、椿殿は山城守さまのご信頼が厚いのですな」

感心し、林田は平九郎を見返した。

それほどではありませんと平九郎は話題をそらそうとしたが、林田は真面目な顔で続けた。

「耳にしましたぞ。虎退治のこと」

虎退治とは、昨年の正月、平九郎が藩主盛義《もりよし》の野駆けに随行《ずいこう》した折に発生した出来事である。

向島《むこうじま》の百姓家で休息した際、浅草の見世物小屋に運ばれる虎が逃げ出し、盛義一行を襲った。平九郎は興奮する虎を宥《なだ》めた。ところが、そこへ野盗の襲撃が加わった。平九郎は野盗を退治する。野盗退治と虎の乱入の話が合わさり、読売《よみうり》は椿平九郎の虎退治と書き立てた。これが評判を呼び、横手藩大内家に、「虎退治の椿平九郎あり」と流布《るふ》されたのである。

この時の働きを見た江戸家老で留守居役を兼務する矢代清蔵《やしろせいぞう》が当時馬廻り役の一員だった平九郎を留守居役に抜擢《ばってき》したのだった。

その辺にしてください、と平九郎が頼むと、

「拙者はこの卯月《うづき》より留守居役を拝命致したばかりの新参者《しんざんもの》でござる。以後、よろしくご指導を賜《たまわ》りたい」

言葉ばかりか、林田は首を垂れた。

自分よりも十歳程も年長の林田に頭を下げられ、よろしくご指導もないものだ。恐縮して、「こちらこそ」と返すのが精一杯であった。

「ところで、林田殿は留守居役に就任される前は国許におられたのですか」

「国許で寺社奉行を務めており申した。当家は領地が関東から奥羽《おうう》に分散しておりますので、城を構える上野国《こうずけのくに》榛名と各々の領地、江戸を往来する日々でござった」

清瀬伯耆守定正《さだまさ》は将軍徳川家斉《とくがわいえなり》の覚えめでたく、近習《きんじゅう》から御側衆に取り立てられ、御側御用取次に昇進、二年前には御側御用人に取り立てられたのである。側用人は将軍と老中を繋ぐ重職で老中と同格だ。五代将軍綱吉《つなよし》の側用人柳沢吉保《やなぎさわよしやす》は老中の上、大老格にまで出世した。十代将軍家治《いえはる》の側用人田沼意次《たぬまおきつぐ》は正式に老中となり、幕政を担った。

定正も切れ者と評判が高く、遠からず老中に就任すると噂されている。領地も加増を受け続け、上野国榛名は三万石ながら、分散している知行地《ちぎょうち》を合わせると五万三千石を領するまでになっている。

二年前、側用人就任に合わせて加増された三千石の領地は出羽国平鹿郡《ひらかごおり》にあった幕府直轄地、すなわち天領《てんりょう》であった。加えて横手藩領と隣接している。

横手藩大内家にとって、国境《くにざかい》の一部を接する清瀬家との付き合いには十分な気配り、目配りが必要で、留守居役として林田右近との関係は粗相《そそう》のないよう努めなければならない。

花膳からの帰途、浅草田圃《たんぼ》の一角にある金峰水神社《きんぽうすいじんじゃ》に通りかかった。その名の通り水神を祀《まつ》る神社だ。出羽国羽後、金峰山の麓、平鹿郡に総本社があり、天領であった頃は幕府が管轄《かんかつ》していたが、二年前より清瀬家の加増地となったため、清瀬家が管理している。ここ浅草田圃にある江戸の支社も清瀬家の拝領地に建立されていた。鳥居《とりい》の前に立ち、林田と酒を酌み交わした後とあって縁《えにし》を感じ、手を合わせることにした。

境内《けいだい》に踏み入れようとする。

夜更けとあって境内に人気《ひとけ》はない。

するると、目の端に人影が映った。一瞬で緊張が走る。

素知らぬ体《てい》を装いながら、いつでも応戦できるように身構える。

と、鳥居の影から数人の侍が飛び出して来た。

平九郎は、

「これは、奇遇ですな、古田殿」

相手の殺気《さっき》をいなすように声をかけた。

花膳でいさかいを起こした上野国榛名藩清瀬伯耆守の家臣古田繫太郎たちだ。

「清瀬家中のみなさん、いさかいはやめましょうぞ」

諫《いさ》めながらも油断なく平九郎は相手の動きを見定める。背後から更に侍が加わり、前後を塞がれる形となった。

みな、血走った目つきで平九郎に迫る。

「頭に血が上っておられるようだ。手水舎《てみずや》で手と顔を洗い、気を静めてはいかがか。金峰水神の御利益《ごりやく》がありましょうぞ」

冷静さを失わず、平九郎は語りかけた。

返事はない。

と、不意に背後から斬りかかってきた。

咄嗟《とっさ》に横に避ける。刃《やいば》が風を切り裂き、勢い余った敵は身体の均衡《きんこう》を崩した。すかさず平九郎は手刀を相手の首筋に打ち込んだ。

敵は前のめりに倒れた。

間髪《かんはつ》容《い》れず平九郎は鳥居を潜る。境内にも敵がいた。群がる敵に対し、平九郎は大刀を抜くべきか迷った。

境内を穢してはならないし、抜いたからには刃を交えなければならない。

清瀬家とは領地を接する間柄、それに清瀬伯耆守定正は将軍の覚えめでたい側用人だ。権力に媚《こ》びるつもりはないが、御家同士のいさかいとなれば留守居役失格である。刃傷沙汰《にんじょうざた》を避けるため、平九郎は駆け出した。灯りの灯った石灯籠に照らされた石畳を走ると拝殿が見えた。檜《ひのき》の香に鼻孔《びこう》を刺激されながら真新しい檜皮葺《ひわだぶき》屋根の拝殿を横目に進み、本殿も過ぎようとした。

すると、白小袖に紅袴の巫女《みこ》が現れた。

「これは、失礼致しました」

境内を騒がしたのは自分ではないが、平九郎は詫びた。

巫女は静かにうなずく。

背中まで垂れた漆黒《しっこく》の髪が艶《つや》を帯び、目鼻立ちの整った能面《のうめん》のような顔だ。その面差しが巫女姿と相まって、侵しがたい威厳《いげん》を醸《かも》し出している。

するると、榛名藩清瀬家の家臣たちが追いついた。みな、剣呑《けんのん》な目で平九郎を睨むが、神社の境内とあって、さすがに刀は鞘《さや》に納めたままだ。

「勝負だ。神社を出ろ」

乱暴者、古田が先頭に立って威嚇《いかく》をした。大柄な体軀《たいく》ゆえ、平九郎を見下ろし、尖《とが》った顎にある黒子が蠢《うごめ》いた。平九郎は古田と対峙《たいじ》しようとしたが、それよりも先に巫女が古田の前に立ちふさがった。

「金峰水神さまを穢すこと、なりませぬぞ」

巫女は凛《りん》とした声を放った。

「金峰水神さまを穢す気はない。その者に用があるだけでござる」

言葉遣いは丁寧だが声を荒らげ、古田は言った。

「古田さま、金峰水神さまの御霊《みたま》が宿りし境内ですぞ。そのこと、軽んじておられませぬか」

巫女は古田を知っているようだ。

金峰水神社は出羽国羽後平鹿郡が総本社、その総本社は清瀬家の新知行地にある。清瀬家が警固、その他保護しており、古田も関わっているのかもしれない。

「綾女殿《あやめ》……」

古田は呟き、巫女を見返した。

巫女は動ぜず古田に近づく。気圧《けお》されたように古田は後ずさり、

「引け」

と、仲間に声をかけ境内から去っていった。

「助かりました。ありがとうございます」

平九郎は礼を述べ、素性を明かした。巫女は綾女といい、支社の禰宜《ねぎ》を務めているそうだ。宮司《ぐうじ》不在の支社にあっては責任者である。

「国許の金峰水神総本社は、大内家横手藩領の村の者も参拝しております」

金峰水神総本社は金峰川を御神体《ごしんたい》に祀っており、周辺の村々に供給される水を管理している。旱魃《かんばつ》に備えて雨乞《あまご》いの祈禱も行なわれ、収穫した米の精米、穀物の製粉も境内の水車小屋で行っている。出羽国羽後平賀郡の村々にとっては、水すなわち命を司《つかさど》る有難い神さまであった。

「わたくしも江戸に参るまでは羽後平鹿郡の総本社におりました。まこと、風光明媚《ふうこうめいび》なよき土地柄、周辺の村人の皆さまにはお世話になりました」

穏やかな口調で綾女は言った。

「村人たちは金峰水神さまに感謝しております。本日、わたしは綾女殿に感謝致します」

平九郎は深々と礼をし、神社を後にした。

三

数日が経過した文月七日、上屋敷に書状が届いた。

平九郎は横手藩大内家江戸家老兼留守居役矢代清蔵に呼ばれた。御殿奥の用部屋脇にある小座敷で面と向かった。

「国許の宮根村《みやねむら》以下六カ村の村長《むらおさ》どもが評 定所《ひょうじょうしょ》への訴えを起こし、馬喰町《ばくろちょう》の公事宿《くじやど》に着いたとのことじゃ。とりあえずは秋月《あきづき》が応対に当たっておる」

矢代は無表情で告げた。

秋月とは秋月慶五郎《けいごろう》、藩主盛義の馬廻り役である。秋月は、盛義の使いで弥生《やよい》に国許に赴いた。城下の菩提寺《ぼだいじ》に寄進をし、その足で金峰水神総本社にも参拝し、宮根村など周辺の村も巡検《じゅんけん》してきたのだ。村長たちと接したばかりとあって、彼らへの対応に赴《おもむ》いたのだった。

「承知しました。訴訟はどのようなものでしょうか」

平九郎は尋ねた。

「水争いじゃ」

矢代は短く答えた。

なるほど、水利権を巡るいざこざは全国のそこかしこで繰り広げられている。農耕において水は命だ。取水対象となる河川や湖、溜池《ためいけ》は同じ大名の領内にあるとは限らない。大名領、幕府領を跨《また》いで存在する場合が珍しくないのだ。

取水する村々は組合を組織し、取水量を確保している。取水量は旱魃、嵐などの自然災害や新田開発のための埋め立てによって増減する。組合同士で話し合いがなされ、お互い納得のゆく取水量が確保できればいいのだが、お互いの主張が合わず、話し合いが決裂となる場合は訴訟沙汰となるのだ。

同一領主の下《もと》であれば領内で裁かれるが、領主が異なれば幕府評定所へ訴えられる。宮根村を始めとする訴訟に立ち上がった村々は出羽国羽後平鹿郡にあり、揃って金峰川から水を引いている。

となると、訴訟相手は同じ金峰川から取水する村を領内に持つ大名、すなわち、榛名藩五万三千石、清瀬伯耆守家中であろう。

「相手は……」

念のために平九郎が確かめると、

「上野《こうずけ》榛名藩清瀬家中だ」

淡々と矢代は答えた。

平九郎の脳裏に林田右近の誠実そうな笑顔と古田繁太郎の憎々し気な面差《おもざ》しが浮かんだ。

矢代は言葉が足りないと思ったのか、

「清瀬伯耆守さまは、上さまの覚えめでたく、加増を重ねておられる。わが国許金峰山の麓近くに三千石相当の公儀直轄地があったのだが、二年前よりその地を加増されたのだ」

と、言い添えた。

金峰山麓を源とする金峰川を取水源とする村は多い。幕府直轄地、すなわち天領であった頃は幕府が金峰水神社の本社を通じて取水源を管理していたが、清瀬家が受け継いだようだ。

「厄介《やっかい》なことになりそうですね」

平九郎が見通すと、

「そうならぬようにせねばな」

矢代は言った。

「はい」

平九郎は返す。

古田の言いがかりは水争いが絡《から》んでいるのではないかと、思えてきた。

「花膳でのいさかいを思っておるのだな」

矢代に指摘され、

「酔った上での乱暴にしましては、執拗《しつよう》でありました」

古田による平九郎への因縁づけ、花膳の後の金峰水神社での襲撃を改めて語った。

「なるほど、少しばかり異常であるな」

矢代も関連性を思案するように腕を組んだ。

清瀬伯耆守定正は将軍家斉の小姓上がりである。家斉の寵愛《ちようあい》を背景に出世をしてきた。順調に出世と加増を繰り返している。加増は、一つの国の中で従来の領地に隣接した土地を与えられるわけではない。全国のあちらこちらに飛び地として加えられるのだ。

当然、管理は大変である。

加増された領地には家臣を派遣し、代官として年貢《ねんぐ》の取り立て、治安維持を行う。代官たちは年貢取り立てを、競い合うのであろう。

それだけに、大内家の村々との水利権は譲れないところであるに違いない。

「具体的な訴訟内容は金峰川からの取水量についてですか」

平九郎の問いかけに矢代はうなずき、

「金峰水神社の不正である……と、村民どもは訴えておる。不正と言えるかどうかはともかく、籤《くじ》引《び》きに不正が成されていると疑っておるのだ」

と、訴訟内容を説明した。

取水には順番がある。金峰水神社が管理している取水口から水を引き込む村は全部で十一あり、そのうちの六カ村が大内領、五カ村が清瀬領だ。順番は金峰水神社で禰宜が籤を引き、籤に従って一番から十一番の村が決められる。

「金峰水神さまの御神意ということですか」

苦笑混じりの平九郎の言葉に矢代は無言だ。神意を揶揄《やゆ》するような言動は慎んでいるようだ。

「話の腰を折りました」

矢代の機嫌を損《そこ》ねたかと思ったが、矢代は平九郎を咎《とが》めることなく、無表情のまま続けた。

「その籤の結果であるが、二年続けて、一番から五番までが清瀬領、六番から十一番が当家の村という結果になった。三年前までは大内領、清瀬領の村が入り乱れた順番になっており、誰が考えてもそうなる。よって、当家側の村の者が金峰水神社の籤に不正が行われていると評定所に訴えた次第だ」

矢代は話を締め括《くく》った。

「二年続けてということは、金峰水神社の総本社が清瀬家の管轄《かんかつ》になってからです。清瀬家有利の籤結果は、金峰水神さまの御神意ではなく、清瀬家の企《たくら》みが働いておる、と考えるのが妥当と存じます」

またも林田と古田の顔が浮かび、加えて綾女を思い出した。

そうだ、林田右近は清瀬家の寺社奉行をやっていたと言っていた。寺社奉行として領内にある寺社を巡検していた、と。当然、金峰水神総本社にも出向いていたに違いない。

思案を巡らしたところで家臣がやって来た。慌ただしい様子は異変出来《しゅったい》を想起させる。

「秋月殿が南町奉行所に捕縛《ほばく》されました」

と、告げた。

「なんだと」

平九郎は目をむいたが、

「何故じゃ」

あくまで落ち着いて矢代は問いかけた。

「詳細はわかりませぬが、市中において町人を殺《あや》めた、とのことでございます」

秋月は茅場町《かやばちょう》の大番屋に身柄《みがら》を拘束されているそうだ。茅場町の自身番は規模が大きく、捕縛した罪人を勾留する仮牢《かりろう》を備えている。

「矢代殿……」

平九郎が視線を向けると、

「直《ただ》ちに、行ってまいれ」

異変出来にも、矢代は変わらない無表情で命じた。

四

茅場町の自身番で詳しいことはわかるだろうが、秋月が無暗《むやみ》に人を斬る、ましてや町人を殺めるなど信じられない。きっと、深い事情があるのだろう。

まだ、日は高い。酔った上でのいさかいではないだろう。秋月はいける口だが、日ののあるうちに飲むなど、祝い事や御家の特別な宴席以外にはない。

馬廻り役を務めるだけあって、剣の腕は立つ一門の武芸者である。一方で人懐っこい明朗《めいろう》な人柄で、陰湿さとは無縁だ。血気《けっき》盛んなところはあるが、一時の激情に駆られて刀を抜くようなことはない。

秋月への想いと不安、危機感が胸に渦巻きながら平九郎は茅場町の自身番に駆けつけた。小袖に袴、絽《ろ》の夏羽織を重ね、新しい白足袋を穿いてきた。柳の木陰に身を置き、汗ばんだ額や首筋を手巾《しゅきん》で拭う。襟を正し、服装の乱れを検《あらた》め、息を調《ととの》えた。

残暑厳しい折、屋根瓦が日輪《にちりん》を弾いている。

戸口には提灯が掲げられ、刺又《さすまた》、突棒《つくぼう》、袖絡《そでがらみ》といった捕物三道具が置かれて、町奉行所の権威を示していた。秋月が捕縛されているとあって、捕物道具がいかめしく見える。

風を入れるため、腰高障子は半開きにしてあった。

腰高障子の前に立ち、

「大内家、留守居役椿平九郎でござる」

つい、声が大きくなってしまった。

小上がりに三人の町役人《ちょうやくにん》が詰め、八丁堀同心が平九郎を待っていた。

同心は南町奉行所、定町廻《じょうまちまわ》り藤野《ふじの》与一郎《よいちろう》と名乗った。痩せぎすの四十男だ。目が細く、歯が出ている。髷は小銀杏《こいちょう》という八丁堀同心特有に結《ゆ》っているが、羽織の端を帯に手挟《たばさ》むといういわゆる巻き羽織にはしていない。

「秋月は……」

何を置いても秋月の身が案じられた。

藤野は奥の仮牢にいると告げてから、

「まず、斬られた者を確認願えましょうかね」

いかにも町方《まちかた》の役人らしく、砕けた物言いで頼んだ。平九郎は土間を見た。筵《むしろ》が敷かれ、茣蓙《ござ》が人の形に盛り上がっている。

平九郎はうなずくと、藤野について亡骸《なきがら》の側に立った。藤野は屈《かが》み、両手を合わせた。平九郎も藤野の横に蹲《うずくま》り、合掌する。

藤野は茣蓙を取り払った。

中年の男が仰向けに倒れていた。

「袈裟懸《けさが》けにばっさりですな」

藤野は亡骸の襟をはだけた。

左肩から右脇腹に斬り下げられている。

「秋月さまは大内の殿さまの御馬廻り役をお務めとか。さすがに、鮮やかなお手並みですな」

賞賛する藤野の口ぶりからすれば、秋月を咎《とが》めてはいないようだ。

「秋月がこの者を斬った経緯はどのようなものですか」

平九郎は腰を上げた。

藤野も立ち上がり、腰の十手《じって》を抜いて自分の肩をぽんぽんと叩いた。

それから、

「それですな」

語りかけてから、

「ま、お茶でも」

と、冷たい麦湯を用意させた。

込み入った事情なのだろう。

小上がりで話すことになった。藤野は町役人たちに席を外《はず》すよう目で促した。彼らが出ていってから、

「斬られた男は、紋次郎《もんじろう》という大工です」

　と、取調べによると、秋月は馬喰町の公事宿に着いた横手藩領の村民たちと面談した帰途、茶店で一休みをしていた。そこで紋次郎といさかいになったそうだ。

「秋月さまによりますとね、紋次郎が足を踏んだと、因縁をつけてきたそうですよ。秋月さまは身に覚えがないのにです」

　しかし、踏んではいないと秋月があくまで落ち着いて返すと、紋次郎は食ってかかってきた。

　店内には毛氈《もうせん》を敷いた縁台が二つ並べられていた。縁台と縁台の間はすれ違える程の余裕があった。紋次郎は秋月の前を通り過ぎるや足を踏んだと因縁をつけてきたのだそうだ。

　踏んでいないと言う秋月に足を延ばしてきたじゃないか、謝れと言い立てたばかりか、秋月を、「浅葱裏《あさぎうら》」と罵倒した。「浅葱裏」とは江戸詰めの地方武士を江戸っ子が蔑《さげす》んだ言葉である。大抵の江戸詰めの侍の羽織の裏地が浅葱色であることから、そんな風に蔑んだのである。

　大声を出す紋次郎を相手にして、秋月は他の客や店に迷惑がかかると気遣い、彼を誘って表に出た。

「茶店の近くの路上で、紋次郎は秋月さまに罵詈雑言《ばりぞうごん》を浴びせ続けた挙句《あげく》に羽織に唾を吐きかけたそうです。なんでも羽織は藩主山城守さまから下賜《かし》された、それはもう大事な代物《しろもの》だそうですな」

ここに至り、秋月は、「無礼者」と叫んで紋次郎を斬ったのだそうだ。

秋月は藩主盛義から下賜された羽織を大事にし、外出の際には必ず着用している。夏の最中にあっても夏羽織ではない、黒紋付であるため、本人はもちろん、見ている者も汗ばんでしまうのだが、秋月は盛義への感謝と忠義から無理をして着続けていた。そんな羽織にあろうことか唾を吐きかけられたのだ。秋月ならずとも武士なら刀を抜く。

「では、斬り捨て御免、無礼討ちなのですね」

平九郎は胸を撫で下ろした。

この時代、江戸市中において町人から無礼を働かれたなら、武士は斬り捨てることが許されていた。

許されていたばかりではない。

無礼を働かれた武士がその場から逃げたり、町人を咎めなかったら、その武士は、「武士にあるまじき所業」と責められたのだ。武士は何より沽券《こけん》を重んじた。武士とはかくあるべし、という武士道に反する行いが何よりも嫌われ、蔑まれたのである。

「花は桜木、人は武士」

この世を代表する花は桜、人は武士というのが江戸時代、ましてや武家の棟梁《とうりよう》たる征夷大将軍《せいいたいしようぐん》のお膝元、江戸である。武士は武士道に適《かな》った暮らしを意識せざるを得なかった。

秋月は武士道に適った無礼討ちをしたのだ。紋次郎を斬らなかったら、大内家中で秋月が咎められ、自刃《じじん》に追い込まれただろう。

秋月は罪を問われまい、と平九郎が思っていると、

「確かに、斬り捨て御免が成り立つような、その場の具合ではあったようですな」

藤野は微妙な言い回しをした。

平九郎の胸にさざ波が立った。

どうしたのだ、と平九郎は目で聞いた。

「椿さまは斬り捨て御免、あるいは無礼討ち、まあ、どっちでもいいですが……それが何と申しますかな、その、何ですよ、要するに成り立つ条件はご存じですな。御留守居役なんですからな」

まどろっこしい言葉遣いで藤野は訊いてきた。平九郎を試すかのようだ。

答えようとするのを、

「釈迦《しゃか》に説法《せっぽう》を承知で念のために申しますが、根岸肥前守《ねぎしひぜんのかみ》さまが南の御奉行をお務めだった頃、斬り捨て御免の事例を各大名家の御留守居役方に回覧《かいらん》なさりましたな」

と、言った。

今度は打って変わった明瞭な声音《こわね》だ。

やはり、平九郎の留守居役としての技量を見定めているのだ。留守居役は大名家を代表して様々な折衝《せっしょう》を行う。他の大名家である場合もあれば、評定所への出席、今回のように家臣が江戸市中でいさかいに巻き込まれたり、引き起こしたりすれば町奉行所と協議しなければならない。

役目柄、酸《す》いも甘いも嚙み分けた練達の者が担うのである。平九郎が留守居役にしては若すぎるため、藤野は平九郎がどの程度なのか試している。あるいは、留守居役を騙《かた》っているのでは、と勘繰《かんぐ》っているのかもしれない。

侮《あなど》られたり、疑念を抱かれてはならない。

平九郎はむろんと前置きをしてから、

「その武士が確かに町人から無礼を働かれたことが明らかな場合に限る、ですね」

と、言った。

無礼討ちは無制限に許されるものではない。

無礼な所業を受けていない場合、たとえば、酒に酔った上で罪もない町人を斬ったとしたら、無礼討ちとみなされなかった。単なる乱暴狼藉《らんぼうろうぜき》と断定されたのである。

いかに武士といえど、罪もない町人を理不尽に斬っていいというものではなく、そんな身勝手な横暴は許されなかった。加えて、酔って醜態を晒すのは武士にあるまじき所業と侮蔑《ぶべつ》もされた。

藤野の話によれば、秋月は昼間、馬喰町の茶店で無礼に及ばれたのだ。紋次郎を斬ったのは茶店近くの路上、であれば目撃者はいるに違いない。証人がいれば、無礼討ちは成立するのである。そのことは根岸肥前守が具体的な事例を挙げて、留守居役に回覧させたのだ。

藤野は、「ふんふん」と呟いてから、

「それがですな……残念なことに証人がおらんのですよ」

と、言った。

「おらぬ……とは」

藤野の言っていることがすぐには理解できず、そんな問いかけをしてしまった。

「言葉通りです。紋次郎が秋月さまに無礼を働いた現場を見た者がおらんのですよ」

「紋次郎は秋月に茶店で言いがかりをつけたのであろう」

「因縁《いんねん》が生《しょう》じたのは茶店ですがね、茶店では言葉遣いは伝法《でんぽう》であったようですが、無礼な所業まではしておりません。茶店から秋月さまが紋次郎を斬った路上は近くとはいえ、離れておりますんでね……」

けろっとした口調で藤野は説明した。

「しかし、馬喰町は商人宿、公事宿が軒《のき》を連《つら》ねておる。人の往来はあっただろう」

平九郎が問いかけると、

「そりゃ、そうなんですがね、なんていうんですかね、侍とやくざ者、あ、いや、紋次郎は大工なんですがね、ろくに仕事もしないで、博打《ばくち》と酒にどっぷりと浸《つ》かっていやがる、まあ、やくざ者みたいなもんで、そんな奴とのいさかい事なんか、関わりを避けるというか、見て見ぬふりを決め込むのは珍しくありませんよ。大工らしく、印《しるし》半纏《ばんてん》に腹掛けって格好だったら、よかったんでしょうが、小袖をだらしなく着崩していたんじゃねえ……秋月さま相手に暴言を吐いていたんじゃ、やくざ者なんだって、取られたって無理ありませんやね」

他人事《ひとごと》のように語り、困りましたな、と藤野は十手で自分の肩をぽんぽんと叩いた。

思案を巡らすため平九郎が黙っていると、

「紋次郎という奴、確かにろくなもんじゃないんで、秋月さまに無礼を働いたとしても不思議はないんですがね、わしも十手を預かる身ですんでね、法度《はっと》ってもんに則《のっと》った取調べが必要でしてね。ですんで、気持ちでは秋月さまの無礼討ちで落着《らくちゃく》させたいんですがね、法度ってもんがね」

のらりくらりとした言い方で藤野はわかってくださいと言い添えた。苛々《いらいら》が募《つの》るが平九郎は我慢だと自分に言い聞かせる。

「藤野殿が申されること、よくわかる。であるなら、町方の役人として、秋月が紋次郎に無礼を働かれたと証言する者を捜し出すべきではないのか」

平九郎は抗議口調になってしまった。

「むろん、調べは続けますがね」

気だるそうに藤野が返したところで、

「あんた！」

甲走《かんばし》った女の声が聞こえたと思うと、半開きになっていた腰高障子が全開にされた。

次いで、女が飛び込んで来た。

五

髪が乱れ、顔中から汗が噴き出ている。駆けて来たようで着物の衿も乱れ、下駄を懐《ふところ》に入れて裸足《はだし》だった。

藤野が立ち上がり、

「女房の……お条《くめ》だな」

と、確かめると、

「うちの人は……」

お条は自身番の中を見回し、土間にできた人形《ひとがた》の盛り上がりを確認してから、藤野に視線を戻した。

藤野がうなずくと、

「あんた……」

お条は亡骸に駆け寄り、筵を剝《は》がした。

仏となった紋次郎に視線を落とし、

「ひ、ひどい……」

お条は絶句し、しばし茫然《ぼうぜん》とした後、声を放って泣き出した。

平九郎の胸は締め付けられた。

藤野は土間に下りて、お条の側に立った。お条は涙を啜《すす》り上げ、

「誰が一体……お侍でしょう。お侍が人斬り包丁でもってうちの人を斬ったんでしょう」

声を震わせ、問いかけた。

「辛いだろうがな、紋次郎も斬られるだけのことはしたようだぞ」

藤野は言った。

お条は立ち上がり、着物の袖で涙を拭《ぬぐ》って猛然《もうぜん》と食ってかかった。

「斬られるだけのことって何ですよ」

「無礼を働いたんだ」

気圧されながら藤野は答えた。

「そりゃ、うちの人は、酔っ払いだし、怠け者だし、文句ばっかり並べるし、喧嘩っぱやいし、口も悪いですよ、ですから、斬ったお侍に、ぞんざいな口を利《き》いたかもしれませんよ。でもね、斬られるようなことまではしてないはずですよ」

「そんなこと、おまえにわかるのか」

「真人間《まにんげん》になるって、約束してくれたんですよ。実際、最近は真面目に働きに出ていたんです」

お条は言った。

紋次郎は自堕落《じだらく》な暮らしを深く反省したのだそうだ。一年以上溜まった家賃や、借金を抱えて、出直そうと誓ったという。

「うちの人は、腕はいいって評判なんですよ。大工仲間や棟梁から、酒さえ飲まなかったらって……よく言われていましたよ。それで、あたしは、包丁を持って……」

十日前、お条は包丁を自分の喉につきつけ、まっとうに働いてくれなければ死ぬ、と訴えたそうだ。

さすがに紋次郎は目が覚めた、と約束してくれた。しかし、紋次郎は棟梁には不義理をしているから、仕事はできない、大工以外で仕事を探す、と肩を落とした。

「でもね、うちの人から大工仕事を取ったら、ただの酔っ払いですからね……」

お条は紋次郎を連れて棟梁の家を訪ね、詫びを入れたのだという。

棟梁はお条に免じて紋次郎を許してくれた。但し、酒を断つことが条件、仕事を一回でも無断で休んだり、遅刻したりしたら、お払い箱だと、棟梁に釘を刺されたそうだ。

「うちの人は、生まれ変わったように懸命に働いてくれましたよ。そんなうちの人を……虫けら同然に斬るなんて……」

お条は嗚咽《おえつ》を漏らした。

すると、奥の襖が開いた。

「秋月……」

平九郎が声をかけたが耳に入らないようで、秋月は土間に駆け下り、お条の前に立った。羽織、袴に威儀を正しているものの、紋次郎を斬ったことの苦悩からか、顔面は蒼白で両目は吊り上がっていた。日頃の温和な表情はなりを潜めている。

「亭主を斬ったのは拙者だ。出羽国横手藩大内家中、秋月慶五郎と申す……すまぬ」

秋月は深々と頭を下げた。

お条はしばし茫然となって秋月を見つめていたが、

「うちの人を返して……お侍さま、うちの人を返してください！」

と、叫び立てた。

秋月は唇を嚙んでお条の批難を受け止めた。

「なんだい、侍だからって、お高く留まりやがって、この人殺し！」

怒声を浴びせ、お条は秋月に摑みかかった。藤野が、

「落ち着け」

と、お粂を引き離す。

「八丁堀の旦那は町人の味方じゃないのかい。お侍だから同じ穴の貉《むじな》ってことかい」

非難の言葉を浴びせるお粂を持て余すように、

「わかった、わかった。落ち着け。おまえがいくら怒っても紋次郎は生き返らぬぞ。騒げば、紋次郎は成仏《じょうぶつ》できんじゃないか」

と、藤野は戒《いまし》める。

「旦那、このお侍を死罪にしておくれよ」

言うと、お粂は身も世もなく泣き崩れた。

秋月は拳を握り締め、悲痛に顔を歪ませ耐えている。藤野も声がかけられず、お粂の泣くに任せた。

しばし後、お粂は泣き疲れたのか、よろけながら立ち上がった。

秋月は財布をお粂に渡した。

お粂は睨み返し、

「何の真似だい」

と、怒りの目を向けた。

「せめて、野辺《のべ》の送りの足しにしてくれ」

秋月は一礼した。

「馬鹿にするんじゃないよ」

お条は財布を投げつけた。財布は秋月の胸に当たって土間に落ち、秋月はうつむいた。

「町人だからってね、刀の次は金ですませようって、ずいぶんと見下《くだ》されたもんだね。そんなものいらないよ」

吐き捨てるようにお条は言った。

「見下すつもりなど毛頭《もうとう》ない」

秋月は腹から言葉を絞り出した。

藤野は土間に落ちた財布を拾い、泥を振り払ってから、

「もらっておいたらどうだ。銭金はいくらあっても困りはしないぞ」

諭《さと》すように語りかけた。

お条はきっと藤野を見返し、

「そりゃ、銭金はありがたいですよ。でもね、亭主を殺した相手に施《ほどこ》される覚えはありませんね。そんなことをしたら、うちの人は浮かばれません。あたしだって、あの

世で会わせる顔がありませんよ」

「まあ、無理には言わぬが」

と、藤野は財布をお条に差し出した。お条がそっぽを向き受け取りを拒んだため、秋月に返した。秋月も仕方なく受け取る。

「旦那、うちの人、家に連れて帰ってもいいですよね」

力なくお条は頼んだ。

「ああ、手配する」

藤野は許可した。

大八車《だいはちぐるま》が用意され、町役人が手伝って、紋次郎の亡骸を家に送っていった。

六

お条が紋次郎の亡骸を引き取ってから、平九郎は秋月と向かい合った。

「椿殿、申し訳ござらぬ」

まずは、秋月は両手をついた。

「いや、謝るべきことではない」

平九郎は声をかけると、

「しかし……」

秋月は苦悩に身を震わせた。

「あらましは、こちらの藤野殿に聞いたが、もう一度、秋月殿の口から聞きたい」

平九郎は頼んだ。

秋月はうなずくと、一から話し始めた。

秋月の説明は藤野から聞いたことと、相違点はない。

「紋次郎に無礼を働かれたんだな」

確かめるように平九郎は言った。

そうです、と肯定してから秋月は馬喰町の茶店で紋次郎に足を踏まれたと言いがかりをつけられ、身に覚えがないと説明したが、聞き入れられず茶店を出た。路上でも紋次郎は秋月の話に耳を傾けるどころか、益々感情を昂《たかぶ》らせた。

紋次郎は激高《げっこう》し、散々悪態を吐《つ》いた上に、唾を吐《は》きかけられたのだった。無礼討ちの条件は、整いはしないが、その立場に追い込まれたということだ。

そう、秋月は追い込まれた、とも言える。

「無礼討ちに踏み切ったのは、周囲の目ではないのか」

平九郎が問いかけると、

「いかにも」

額に脂汗《あぶらあせ》を滲ませ、秋月は答えた。

次いで、

「往来とあって、周囲には行き交う者もおりました。中には、遠巻きに見物しておる者もおったのです。通り過ぎず数人が一団となって、我らのいさかいを見ておりました」

そんな状況である。

秋月が刀を抜かず、事を穏便に済ませるには、事態は悪化し過ぎていた。しかも秋月が望んでいたのではなく、紋次郎の一方的な言いがかりで生じた争いだ。いや、そもそも争いでもない。怒っているのは紋次郎だけで秋月は宥めるばかりなのだ。

そんな状況下、秋月の取るべき行動は紋次郎を斬るしかなくなった。

秋月の口から改めて説明を受け、自分も紋次郎を斬っただろう、と思い至った。

「とは申せ、踏み止まるべきであった、と、今更ながら悔いております」

紋次郎の女房、お粂の悲しむさまを目《ま》の当たりにしたからだろう。秋月は自分の行いを強く悔いている。

しかし、紋次郎を斬らずにすごすごと逃げたとしたら……。

「拙者、葛藤《かっとう》しておりました。その場を立ち去ったなら、武士にあるまじき所業だと、蔑まれるのではないか」

その場合、罪に問われることはない。町奉行所に捕縛されることはないし、藩邸で拘束され、何らかの処罰を受けることもない。

ただ、おめおめと生きながらえるという蔑みの目はついて回る。それに耐えられなくなって自刃する、あるいは上役から自刃せよという重圧を課せられる、という場合が多いのである。

「拙者、葛藤の末、このまま紋次郎の相手をせず、その場を立ち去ろうとしました。武士にあるまじき腑《ふ》抜《ぬ》け者、と馬鹿にされる覚悟も決めた……いや、決めかねていたのでしょうな。が、紋次郎が放った一言にかっときたのです」

意外なことを秋月は言った。

「その一言とは」

平九郎は問いかけた。

「逃げるのか……逃げるのか浅葱裏、と紋次郎は呼びかけました」

秋月は紋次郎が発したその一言で一気に頭に血が上《のぼ》った。張り詰めていた気持ち、自制心が決壊《けっかい》したのだった。

「拙者は、紋次郎を許してやろうという寛大な気持ちを抱いたのです。それを、紋次郎は逃げるのか、と叫んで、殿から下賜の羽織に唾を吐きかけた……」

秋月は唇を震わせた。

平九郎は静かに見返した。

「気がつけば、刃を振るい、紋次郎が血を流して倒れておりました」

うつろな目で秋月は言った。

無礼討ちに至った事情、葛藤、秋月の想いを受け止めたというように平九郎は深くうなずいた。

「拙者としたことが……」

秋月は絶句し、うなだれた。

平九郎は藤野に視線を向け、

「ならば、証人を……藤野殿、証人を捜してくだされ」

「はあ……そうですな、承知しました」

藤野は気のない返事をした。

「椿殿、まこと、このたびは、御家にも迷惑をかけてしまいました。拙者、深く反省してもらいます。この上は、拙者を御家から追ってくださりませ」

悲壮《ひそう》な顔で秋月は言った。

「何を申す。気を確かに持つのだ。証人は見つかる。その……秋月殿が申した、遠巻きにして見ていた一団の何人かが見つかる」

秋月を励まし、平九郎は藤野を見た。藤野は素知らぬ顔をしている。

「ですが……」

苦悩に満ちた顔で秋月は唇を嚙んだ。

「わたしは、絶対にそなたの身を御家から離したりはしない」

平九郎は強い口調で約束した。

藩邸に戻った。

矢代に秋月の一件を報告した。矢代は目を瞑《つむ》って聞き終わり、

「そうか」

とのみ呟いた。

「秋月のこと、めったやたらと刃を振るったのではないことは確かです」

強い口調で平九郎は言い添えた。

「さもあろう」

矢代も認める。

「南町の藤野殿が証人を捜してくれますが、果たして……」

平九郎は不安を口に出した。

「白昼、往来だけに、証人はいくらもいそうなものだ。秋月が申しておった一団のうちの何人かが証人となってくれるのではないか」

矢代は明るい見通しを語りながらも不安そうである。

すると、佐川権十郎《さがわごんじゅうろう》の来訪が告げられた。

「頼もしき、お方が来てくれました」

平九郎が言うと、矢代も厳しい顔でうなずいた。

程なくして佐川が入って来た。

大内家出入りの旗本である。各大名は幕府の動きを知るため、特定の旗本と懇意《こんい》にしている。佐川は幕府先手組《さきてぐみ》に属し、明朗で口達者、幅広い交友関係を持っている。

陽気で饒舌《じょうぜつ》ゆえ、人気の噺家《はなしか》、三笑亭可楽《さんしょうていからく》をもじり、「三笑亭気楽《きらく》」と呼ばれている。佐川は折に触れ、藩邸に出入りして幕閣の人事の噂や大名藩邸についての噂話などを伝えてくれる。

今日の佐川は絹の浅葱色地に雲を摑む龍を金糸で描いた、役者と見まごう派手な着物を着流している。人を食ったような格好だ。浅黒く日焼けした苦《にが》み走《ばし》った面構《つらがま》えと飄々《ひょうひょう》とした所作が世慣れた様子を窺《うかが》わせもしてる。

「どうした、平さん、深刻な顔をして」

佐川は顔を見るなり言った。

いつものように、馴れ馴れしく江戸っ子言葉で語りかけるが嫌味がない。ど派手な形《なり》に直参旗本の矜持《きょうじ》が備わっているからだ。それに、佐川は面倒見のいい兄貴のような存在で、留守居役就任以来の役目遂行《すいこう》に何かと世話を焼いてくれてきた。

「困ったことが起こりました」

平九郎が返すと、

「困ったことなんざ、年中起きるものさ」

佐川らしい楽観した励ましゆえ根拠はないのだが安心感が広がった。

平九郎は秋月慶五郎の一件をかいつまんで話した。その間、矢代が藩主盛義に報告に出向いた。

黙って聞いた後、

「証人を探し出せばいいんだな」

佐川は言った。

「南町の藤野殿が当たってくれるはずなのですが」

平九郎が返す。

「八丁堀同心に任せきりではよくないな」

佐川は右手を左右に振った。

「やはり、探した方がいいですか」

「決まっているさ。手伝うぞ」

佐川の申し出に礼を言う前に藩主山城守盛義が呼んでいるそうだ。盛義は佐川にも同席を求めていた。馬廻り役の秋月が町奉行所に捕縛されたとあっては、居ても立ってもいられないようだ。


奥書院で盛義は平九郎、矢代、佐川と面談に及んだ。既に矢代から秋月の一件について報告を受けていたため、驚きはしていないが、憂慮《ゆうりょ》の念を深めていた。

「慶五郎は生真面目《きまじめ》じゃ。武士道にも真面目である。それゆえ、武士道を貫いたのだ。平九郎、必ず、助けよ」

決して強い口調ではなく、思い詰めたように盛義は命じた。

「承知しました」

平九郎は平伏し、

「拙者もお手助けしますぞ」

佐川が申し出ると、

「心強いですな」

盛義は礼を言った。

そこへ、盛義の近習が、「大殿さまがいらっしゃいました」と大殿こと盛清《もりきよ》の来訪を告げた。

七

程なくして、大殿こと盛清がやって来た。盛清は悠々自適の隠居暮らしをしている。暇に飽かせて趣味に没頭しているのだが、凝《こ》り性《しょう》ではある反面、飽きっぽい。料理に凝ったと思うと釣りをやり、茶道、陶芸、骨董収集に奔《はし》るという具合だ。いずれもやたらと道具にこだわる。

その上、料理の場合は家臣や奉公人など大人数に振る舞い、釣りは幾艘《いくそう》もの船を仕立て大海原に漕ぎ出すばかりか大規模な釣り専用の池を造作したりした。特に骨董品収集に夢中になった時は老舗《しにせ》の骨董屋を出入りさせたばかりか、市井《しせい》の骨董市に出掛けて掘り出し物を物色し、道具屋を覗いたりもした。

そうして馬鹿にならない金を費やした挙句、ガラクタ同然の贋物《にせもの》を掴まされことも珍しくはない。

とにかく、盛清の隠居暮らしには金がかかるのだ。

このため、大内家の勘定方は、「大殿さま勝手掛《かってがかり》」という盛清が費やすであろう趣味に係る経費を予算として組んでいる。それでも、予算を超える費用がかかる年は珍しくはない。

そんな勘定方の苦労を他所《よそ》に、盛清は散財した挙句、ふとした気まぐれから耽溺《たんでき》した趣味をぱたりとやめる。興味をひく趣味が現れると、そちらに夢中になるのだ。

目下、盛清が没頭しているのが絵を描くことである。今日やって来たのは画材や絵筆に費やす金の無心だろうと誰もが思った。

程なくして盛清が入って来た。

みな、一斉に平伏した。盛清は鷹揚《おうよう》に面《おもて》を上げよと語りかけ、盛義の横に座した。

焦げ茶色の小袖に袴、黒の十徳《じっとく》を重ね、宗匠頭巾《そうしょうずきん》を被っているのは絵師を気取っているようだ。

盛清は還暦を過ぎた六十一歳、白髪混じりの髪だが肌艶はよく、目鼻立ちが整っており、若かりし頃の男前ぶりを窺わせる。

元は直参旗本村瀬家《むらせけ》の三男であった。昌平坂学問所《しょうへいざかがくもんじょ》で優秀な成績を残し、秀才ぶりを評価されて、あちらこちらの旗本、大名から養子の口がかかった末に出羽国羽後、横手藩大内家への養子入りが決まったそうだ。大内家当主となったのは、二十五歳の時で、以来、三十年以上藩政を担った。

若かりし頃は、財政の改革や領内で名産品の育成や新田開発などの活性化に熱心に取り組み、そのための強引な人事を行ったそうだが、隠居してからは好々爺然《こうこうやぜん》となり、藩政には口を挟むことなく、藩政に注いだ情熱を趣味に傾けているのだ。

「なんじゃ、雁首《がんくび》を揃えて」

盛清はいぶかしんだ。

盛義は平九郎を見る。平九郎に任せる、と言いたいようだ。

平九郎が秋月の一件について語った。聞き終えた盛清は顔をしかめて言った。

「明らかな無礼討ちではないか。そんなことを論じておったのか」

「仰せの通りなのですが、無礼討ちが成り立つには証人がおらなければなりません」

平九郎が言上すると、

「ならば、証人を見つければよかろう」

いともたやすいことのように盛清は返し、それでも言葉不足と思ったようで、

「秋月の名誉は大内家の名誉と心得よ」

と、威厳たっぷりに命じた。

「承知しました」

平九郎が平伏すると、

「相国殿《しょうこく》、おれも一肌脱ぐよ」

佐川が申し出た。

相国殿とは、佐川がつけた盛清のあだ名である。盛清をひっくり返すと清盛、つまり平清盛《たいらのきよもり》の名になる。清盛は太政大臣《だじょうだいじん》に任官したため、当時の人々から、「平相国殿」とか、出家した後は、「相国入道殿」と尊称された。それになぞらえ、佐川は盛清を相国殿と呼びかけている。ちなみに佐川に気楽のあだ名をつけたのは盛清である。

盛清はあだ名をつけるのが好きで、矢代清蔵はいつも無表情のため「のっぺらぼう」、平九郎は虎退治をしたことから加藤清正《かとうきよまさ》に因《ちな》んで「清正」と呼んでいた。平九郎の名は義正であったが留守居役として初手柄を立てた折、盛清は自分の名から

「清」を与え、「椿平九郎清正」と名乗るようになった。

つまり、名実ともに、「清正」になったのである。

「気楽、駄賃《だちん》目当てでもうれしいぞ」

天邪鬼《あまのじゃく》の盛清らしい礼の言い方だ。

「相国殿、おれだって武士の端くれだぞ。人聞きの悪いことを言わないでくだされ」

佐川は笑った。

「なら、駄賃はいらぬのか」

「いや、気持ち程度には頂こう」

「調子のいいやつだ」

盛清が言うと、矢代を除きみな笑った。部屋の空気が和《なご》んだ。

ここで盛清が、

「ところで、本日参ったのは水争いじゃ」

と、改めて告げた。

画材、絵筆に費やす金の無心ではないとわかったが、御家が直面する問題を持ち出され、みな緊張した。

「榛名藩清瀬家との争い、よもや負けてはならぬぞ。清瀬伯耆守め、側用人の権勢で金峰水神総本社を抱き込み、当家をないがしろにしておるのじゃ。よいか、弱腰になるな、ひるまずに訴訟に当たれ」

気合いを入れるように盛清は螺子《ねじ》を巻いた。今回評定所に訴えている六カ村は、盛清が藩主の頃、心血注いで田畑を開墾し、金峰川の清流を生かした清酒を醸造させ、村民の暮らしを向上させた、ひときわ愛着ある土地である。盛清の意気込みはよくわかる。

すると、佐川が、

「そのことなのですが、清瀬伯耆守が取水順に拘《こだわ》るのは何かわけがあるのでしょうかな」

と、疑問を呈した。

「そりゃ、水というのは、大地の恵みをもたらすにはなくてはならぬのじゃ。加増された領地を実りあるものにしたいのじゃろうて」

わかり切ったことを申すなと盛清は言い添えた。

「それはそうでしょうが……それだけですかな」

佐川は納得できないようだ。

次いで、抱いている危惧《きぐ》を示した。

「清瀬伯耆守は、切れ者と評判です。必ずや評定所に手を打ってくる。はっきり言えば金子《きんす》をばら撒くだろう」

「それはそうだろう」

盛清は渋面を作った。

「だから、大内家も評定所に積極的に働きかければ、一件は大きくなり、収拾がつかなくなる。それよりは、前もって示談《じだん》をした方がいいんじゃないかい」

佐川の提案に、

「領民が納得する形になればいいのですが」

平九郎は言った。

「それに、清瀬が示談などに応じるものだろうかな」

盛清は懐疑《かいぎ》的である。

矢代が平九郎に言った。

「椿、清瀬家留守居役と折衝してはどうだ」

盛清もうなずく。

矢代は盛義に、

「よろしいでしょうか」

と、判断を仰いだ。

「よかろう」

盛義は承知した。

「相手の留守居役は林田右近殿、花膳で知遇《ちぐう》を得ました」

平九郎は言った。

「それは、心強いじゃないか」

でかしたぜ、と佐川は平九郎を誉めた。

「その、林田という男、話のわかる者か」

盛清は言った。

「はあ……誠意を以《も》って当たれば、聞く耳は持ってくださるでしょうが……正直、どうなるかわかりませぬ」

「なんだ、その自信のない態度は。当たらぬうちから弱気になるな。留守居役失格じゃぞ。のっぺらぼう、ちゃんと指導せぬか」

盛清は矢代を見た。

「御意《ぎょい》にございます」

いつものように無表情で矢代は詫びた。

第二章　御免《ごめん》の証人

一

文月十日の昼八半、林田との面談が実現した。平九郎は江戸城西の丸下にある榛名藩清瀬家の上屋敷に呼ばれ、御殿玄関近くにある使者の間に通された。

今日も残暑は厳しく、そよとも風が吹いていない。西に傾いた日輪が強い陽光を降り注ぐ中、つくつくぼうしの鳴き声がかろうじて秋の訪れを感じさせていた。

待つ程もなく、足音が近づいて来た。平九郎は身構える。

空咳《からせき》が一つ聞こえ、襖《ふすま》が開いて中年の男が入って来た。上物《じょうもの》の羽織袴に身を包んでいる。

まさか、と思っていると、

「主《あるじ》、伯耆守さまですぞ」

廊下から林田右近の声が聞こえた。

平九郎は平伏し、清瀬伯耆守定正に挨拶をした。

「そなたが虎退治の椿平九郎か、うむ、よき面構えじゃ」

定正は鷹揚《おうよう》に声をかけてきた。

細面、眉が太く、鼻が大きい。忘れがたい印象を植え付ける面差しである。中背《ちゅうぜい》でがっしりとした身体、手にはたこがあり、武芸の鍛錬《たんれん》を怠《おこた》っていないようだ。

林田が脇に控えた。

定正はおもむろに切り出した。

「古田の不行状、主として申し訳なく思う。すまなかったな」

定正は頭を下げた。

まさか、藩主自らが詫びるとは思ってもいなかったため、平九郎は恐縮してしまった。林田も居住まいを正して両手をつき、詫びた。

平九郎も礼を返した。

平九郎が清瀬家の謝罪を受け入れたところで、

「古田には切腹の沙汰が下された」

林田が告げた。

切腹とは予想以上の重罪だ。家禄減封《かろくげんぽう》の上馬廻り役を解《と》かれるか、重くて御家から追放ではないか、と平九郎は敵ながら古田に同情してしまった。酔った上で平九郎に難癖《なんくせ》をつけ、刃傷沙汰に及びそうになったのは事実、清瀬家が守護神と敬う金峰水神社の境内を穢したのも罪とみなされるのかもしれない。

それにしても死を以って不行状を償わされるとは……。

伯耆守定正という藩主は規律に厳格なのだろうか。側用人という幕府の重職を担う責任が家臣にも甘い顔を見せない強い態度を取らせているのだろうか。

「古田殿の処置は、清瀬家中においてなされるのは当然と存じます。それを承知で申し上げますが、古田殿は刀を抜かれ、わたしに刃傷に及ばれましたとは申せ、幸いにしてわたしは手傷一つ負ったわけではございませぬ。従いまして、わたしと致しましては、ただ今の伯耆守さまの謝罪を以《も》って、落着《らくちゃく》となればと願うのですが……」

定正と林田を交互に見ながら平九郎は自分の考えを述べ立てた。平九郎の申し出は、武士の情けというより、盛清なら、「お人好しめ」と罵倒するだろうが、古田を庇《かば》わずにはいられなかった。

林田が答えようとするのを定正は制して、

「そなたの古田への気遣い、まことに武士の鑑《かがみ》である。わしは感服《かんぷく》致した。山城守殿は良き家臣を持たれた。じゃがな、古田繁太郎は当家の面汚《つらよご》しである。断じて許すわけにはまいらぬ。加えて、表沙汰にはできぬ不祥事を古田は起こしおった。従って、切腹はそなたへの不行状に限って下された裁きではないのじゃ」

「御意にございます」

林田も賛意を示した。

そう言われてみれば、平九郎も納得せずにはいられないが、古田の不祥事とは何であろうか。気にかかるが、定正が表沙汰にできないと言っているからには、問い質《ただ》すのは憚《はばか》られた。

「明日にも切腹をさせる」

明快に定正は告げた。

「明日……」

明日とはあまりに急であり、過酷さが際立っている。そんな平九郎の心中を察したかのように定正は続けた。

「当然である。当家の面目《めんぼく》を施すには、それでも足りぬくらいじゃ。本来なら、古田家を改易《かいえき》に処し、親類縁者に至るまでを処罰せねばならぬところじゃな。まあ、それは武士の情け、勘弁してやった」

一点の曇りもなく、己が裁許《さいきょ》を言い立てる定正を畏怖《いふ》し、平九郎は頭を下げた。

「山城守殿にもよしなにお伝えせよ」

鷹揚に定正は言った。

「承知しました」

平九郎の声音は湿った。

すると、定正は追い討ちをかけるように、

「椿、そなた、検分してくれぬか」

と、頼んだ。

他家の家臣ゆえ要請という形を取っているが、有無を言わせない強さが引き締まった顔つきから溢れている。

「それがしがですか」

次々と予想外の事項が出来《しゅったい》し、平九郎は戸惑いを隠しきれない。

林田が、

「殿にあられては、公正を期することが肝要だとお考えなのでござる。椿殿に古田に腹を切らせると伝えておきながら、内々のうちに国許に帰す、などという姑息《こそく》な手段を講じる、などと勘繰られてはならない、そうなれば当家と大内家の間に遺恨を残す、と危惧されたゆえの申し出ですぞ」

と、言葉を添えた。

いかにも、公明正大だと言わんばかりに定正は余裕の笑みを浮かべ、

「わしの名は定正、自分で申すのも何じゃが、物事の裁許は正しく定めるのが信条じゃ」

誇らしそうに胸を張った。

「わたしは伯耆守さまを決して疑いませぬ。綸言汗《りんげんあせ》の如《ごと》し、と申します。立ち会うまでもないと存じますが……」

遠慮がちに平九郎は返答した。

「そなたが、わしを信用してくれるのはありがたいが、それではわしの気持ちが治まらぬのだ。公正を期するには、当家以外の者の立ち会いが必要じゃ。かと申して、公儀を煩《わずら》わせるわけにはまいらぬ。公儀が関われば事は大事《おおごと》になる。不幸にも大内家とは評定沙汰の一件が持ち上がっておる最中、当家も大内家も避けた方がよかろう」

定正は気遣いも示した。

なるほど、定正の言う通りである。加えて、定正には幕府側用人という立場がある。

将軍の側近く仕える重臣の家臣が他家の家臣との間でいさかいを起こし、切腹させたとあっては、外聞が悪い。

「まこと、ご立派なお考えでございます」

平九郎は理解を示した。

「うむ。ならば、立ち会ってくれるな」

定正に確かめられ、

「承知致しました」

平九郎は両手をついた。

満足した定正は林田に向いた。

「そなたが介錯《かいしゃく》せよ」

林田は一瞬、意外そうに戸惑いを示したが、

「承りましてござります」

君命を慎んで受け入れた。

「古田の一件は、それで終わりと致したい。水争いは評定所の吟味《ぎんみ》に委《ゆだ》ねる」

はっきりと定正は言った。

林田が、

「宮根村は大殿盛清公が殊《こと》の外《ほか》、愛《め》でておられると、と漏れ承ります」

と、言った。

「大殿は宮根村で造られる酒を楽しみにしておられるのです」

平九郎が返すと、

「宮根盛《さかり》、というのじゃな。先ほど、盛清公より届けられたぞ。早速、今宵に賞味させて頂くと致す」

定正は礼を言い立てた。

さすがは盛清である。水争いについて、家中では口を開けば強硬な意見しか言わないが、清瀬家に対してはこうした気遣いを示しているのだ。金峰川を取水して醸造する「宮根盛」がいかに名酒なのかを定正に味合わせることで、水争いを有利に進めようというのだろう。

盛清の折衝術には感心するが、公明正大な裁きを信条とする定正に通用するかという危惧《きぐ》も捨てきれない。

すると、

「まことに盛清殿のお気遣いはありがたいのじゃがな、あいにくとわしは下戸《げこ》なのじゃ。せっかくの届け物ゆえ一口舐《な》めてはみるが、宮根盛の素晴らしさを味わえぬ、申し訳ない、と盛清殿に伝えてくれ」

見事に盛清の策は当てが外れてしまった。

定正が、本当に酒が飲めないのかはわからないが、贈答品は受け取っても、決して水争いに妥協《だきょう》はしない、と言外《げんがい》に伝えているようでもある。

平九郎の推察を裏付けるように定正は語り出した。

「水の問題は、あくまで領民の暮らしというものを優先して考えねばならない。そのことは、山城守殿もよくよく承知なさっておられよう。わしとて、ありがたくも上さまより拝領致した新領地じゃ、その領地を治め、領民となった者たちを豊かにするのは、わしの務めであるからな」

定正は領主としての責務を果たす、と強調した。

「伯耆守さまのお考え、お気持ち、わが殿にしかと伝えたいと存じます」

そう言わざるを得なかった。

「頼むぞ」

釘を刺してから定正は立ち上がり、部屋を出て行った。幕府側用人清瀬伯耆守定正という重圧から解放され、平九郎は安堵し林田に向いた。

二

「林田殿、古田殿の一件はよくぞ落着してくださりました。林田殿のお陰で事が大きくならなくて、ほっと胸を撫でおろしております」

切腹は過酷に過ぎるという不満を胸に封じ込め、平九郎は礼を述べ立てた。

「評定所で吟味が行われる前に、事が治まってよろしゅうござった。椿殿にもご助力をくださったからできたことです。改めて感謝致す」

林田は礼を返した。

「わたしの手助けではござりませぬ。金峰水神社の禰宜、綾女殿のお陰でござります。綾女殿は殺気立った古田殿にも臆《おく》せず、一件を穏便《おんびん》に済ませてくださった」

平九郎は綾女の手腕を称《たた》えた。

「綾女殿は総本社より、先月から江戸の支社に参られた。当家の守り神のお使い、いくら乱暴者の古田とて、その威《い》には服さざるを得ませぬ。それに、これは内聞《ないぶん》に願いたいのですが」

林田は言葉を止めた。

口外《こうがい》せぬことを平九郎が守れるか、確かめているようだ。

「むろん、他言致しませぬ」

約束してから平九郎は唇を引き結んだ。男には不似合いなくらいに紅い唇が際立った。

「昨年の秋、殿は金峰水神社の総本社に刀を奉納《ほうのう》致した。殿自らが鍛《きた》えた業物《わざもの》であった。それを総本社まで届けに向かった一行の責任者が古田繁太郎であった。ところが、不幸にも一行は嵐に遭遇《そうぐう》し、奉納の儀式の期日に遅参したのでござる」

定正は刀剣には目がなく、名刀、業物を収集するばかりか、自ら刀鍛冶《かたなかじ》をやって刀を制作するのを無類《むるい》の楽しみとしているそうだ。金峰水神社に奉納したのは、渾身《こんしん》の一振りであったのだ。

奉納の儀式に遅参した古田は江戸に戻ってから激しい叱責《しっせき》を受けた。その時、江戸に同行してきた綾女は古田を庇った。嵐という人智《じんち》の及ばぬ災害によっての遅参なのだから咎められるものではない、と綾女は定正に訴えた。

「加えて、綾女殿は嵐により金峰川の水嵩《みずかさ》が増したことを取り上げ、伯耆守さまの信心が金峰水神さまに届いた御利益だと申し立てられたのでござる。頓智《とんち》の利《き》いた綾女殿の弁明により、古田は責任を追及されずに済みました。殿はさすがに今回のように切腹を申し渡す気はございませんでしたが、馬廻り役を解こうとなさったのですから、古田にしてみれば綾女殿は恩人、逆らえるものではござらぬ」

林田は綾女への賛辞を繰り返した。

定正も綾女の言葉に深く感じ入り、金峰水神社の江戸支社を修繕することを請け負った。修繕をきっかけに、綾女には宮司不在の江戸支社に留まり、金峰水神の信心を広めるよう頼んだのだった。

「今更ですが、古田繁太郎殿はどうしてわたしを敵視するのか、酔った上でのいさかいに起因すると思っておりましたが、それにしては執拗《しつよう》に過ぎるのでは、と疑念を抱いております」

平九郎は疑念をぶつけた。

「元来、古田は激情に駆られる男ではありますがな……」

何か林田は腹に一物《いちもつ》があるようだ。

「お心当たりがあるのですか」

平九郎は問いかける。

「水争いが起きております新領地、あの新領地で水争いの対象となっておる君塚村《きみづかむら》には古田の加増地があったのです。ご存じのように金峰川からの取水の順番は金峰水神総本社で行われる籤引きで決められます。古田は君塚村が上位になるよう金峰水神総本社の社務所を脅した、と噂されました。たとえ、古田が脅そうが籤は、取水する村の代表を集め、公明正大に引かれました。引くのは綾女殿、そこに人意が入り込む余地はありませぬ。あくまで、金峰水神さまの御神意なのです」

大真面目に林田は言った。

それは、今回の水争いにも言及《げんきゅう》するものであった。金峰川から取水する村は十一ある。そのうち、大内領は六カ村、清瀬領は五カ村だ。ところが、二年続けて籤による順番は一番から五番までは清瀬領の村、六番以降が大内領の村という具合に明確に分かれた。

一度なら偶然と考えられなくはないが、二年続けてとなると、そこに不正が働かれていたと大内側の領民が疑っても当然である。

「古田は、あれで信心深うございましてな、金峰水神を深く崇敬《すうけい》しておるのでござる。それだけに、刀の奉納に遅参したのは生涯の不覚と悔やんでいたところに、金峰水神社に対して不正を働いておると悪評が立ち、苛々《いらいら》を募らせておりました」

林田の説明を受け、

「加えて、籤引きが不正だと評定所に訴えられ、古田殿は金峰水神さまが大内家に穢されたと、怒っていたというわけですね」

平九郎は言った。

大内家への不満を募らせながら飲んでいる場に大内家留守居役椿平九郎なる者が同じ店に居合わせた。平九郎にとっては不運だったわけだ。いや、そのいさかいによって腹を切らねばならないのだから、古田の方に一層《いっそう》大きな不幸がもたらされたのだが……。

ともかく、定正が古田に切腹を申し付けたのは、平九郎への乱暴狼藉だけではなく、刀奉納の際の遅参が蒸し返されたのだろう。

これで得心が行ったが、まだ平九郎の胸は晴れない。

「しかしいくら古田殿が激情家でも、大内家の者を、金峰水神さまを穢す不届きな輩《やから》だと怒りを募らせたとしても、刃傷に及んだということが評定所に届けば、不利な裁許がくだされるとは思い至らなかったのでござろうか」

更なる疑問が生じた。

「金峰水神さまへの崇敬とは裏腹に、古田は自分の知行地君塚村に過酷な年貢取り立てを行っておる、とか、庄屋から賂《まいない》を受け取り、賂によって年貢を目こぼししておる、とかのよからぬ評判が家中で立っております。近々、評定所の役人による現地立ち入りが行われるでしょう。そこで、自分の不正が発覚するのを恐れ、評定所の介入を招いた大内家は恨み骨髄《こつずい》だったのでしょうな」

淡々《たんたん》と林田は述べた。

「ですが、わたしに因縁をつけたところで、評定所への訴えが取り下げられることもない、それなのに……」

いまひとつ、納得がいかない。

「激情に駆られる男ゆえ、見境《みさかい》がつかなくなったのかもしれませぬな」

林田は言った。

「そうかもしれませぬが……」

結局、平九郎は胸にわだかまりを抱いたまま、清瀬家上屋敷を後にした。

三

藩邸に戻り、御殿の用部屋で矢代に会った。

「それで、切腹の検分と言えば大袈裟《おおげさ》ですが、立ち会いを求められました」

平九郎は報告した。

「伯耆守さまのお気遣いであろう」

矢代は立ち会いを勧めた。

「ところで、よくわからないのが、古田のわたしへの因縁なのです。何故、わたしに危害を加えようとしたのか。花膳でのいさかいが起因となったにしましても、執拗に過ぎると思うのです」

平九郎は林田右近の答えも矢代に披露した。

「どうも、奇妙な気がするのです」

平九郎は古田が新領地での不正が発覚するのを恐れたこと、金峰水神を貶める大内家への恨みから平九郎を襲ったのだという林田の説明に納得がいかない、と言い添えた。

「確かに妙ではあるな」

矢代も首を捻《ひね》った。

ここで、平九郎に来客が告げられた。

南町奉行所の藤野与一郎だそうだ。

秋月の一件で、証人が現れたのだろうか、と期待しながら平九郎は立ち上がった。

藤野は長屋門脇にある中間《ちゅうげん》小屋で待っていた。

平九郎が顔を出すと、藤野は一礼した。その表情からは、事がうまく運んだのかどうかはわからない。

「見つかりましたか」

単刀直入に問いかける。

「ええ、まあ……」

藤野は曖昧《あいまい》に言葉を濁した。出っ歯が目立った。

「いかがしたのですか」

不安に包まれながら問いを重ねる。

「これが、中々、難しいですな」

「見つかっておらないのですか」

「そんなことはないのですが」

のらりくらりとして要領を得ない藤野の答えぶりに苛立ちが募った。

「はっきり申してくだされ」

強い口調で平九郎は頼んだ。

「それが……事が事ですからな」

それでも藤野ははぐらかすような前置きをし、

「二百両を用立て願えませぬか」

唐突に金子《きんす》の要求に出た。

「二百両……」

平九郎が首を捻ると、

「亭主を失って悲しみにくれるお条に百両の香典《こうでん》をやって欲しいのです」

香典としてお条に慰謝料を払うことは、やぶさかではない。平九郎も勘定方に願い出ようと考えていたところだ。百両が妥当なのかどうかはわからないが、藤野が間に入って決めたのだろう。

「百両というのは、お条も了承しておるのですね」

平九郎が確かめると、

「ええ、わしがちゃんと話をまとめました」

藤野は今度ばかりははっきりと答えた。

「わかりました。何とかしましょう。それで、あと百両というのは……」

平九郎は問いを重ねた。

藤野は小さく息を吐き、

「ええっとですな、秋月さまの無礼討ちの証人、これが、中々、現れませんでな。と、いいますのは、関わりを嫌がるというのは、世の常なんですよ。そんな中で証人を得るには、それなりの金子が入用でしてね」

おわかりでしょう、と藤野は言い添えた。

「わかりませぬな」

苛立ちを込めて平九郎は問い返した。

「つまり、証人を仕立てるのですよ。二人は必要だと思います。一人五十両、というわけです」

しれっと、藤野は答えた。

「偽証させるのですか」

不快そうに平九郎は顔を歪ませる。

「まあ、そういうことですな」

「偽証など、それでは御白州《おしらす》の穢れとなりましょう」

それでも十手を預かっているのか、という批難は胸の中に仕舞《しま》った。

「確かに穢れです。ですがね、このままですと、証人が現れず、秋月さまは単なる人斬りとして裁かれることになりますぞ。大内さまが、それでは不都合とお考えなら、取る方法は二つですな」
藤野は勿体《もったい》ぶったように言葉を区切った。
平九郎の顔を見据えながら、
「一つは百両で証言を買い、秋月さまを無礼討ちとして無事に御家にお迎えすること
……もう一つは御家から除籍し、一切の関わりを絶つこと、この場合は町奉行所が一《いっ》
介《かい》の浪人として秋月さまを裁きます。死罪、打ち首となりましょう。武士としてのせ
めてもの名誉、切腹も許されないのですよ」
語ってから、大内家が秋月を御家から除籍しなかった場合、すなわち大内家の家臣
のままだと、町奉行所ではなく評定所で裁かれることになる、と言い添えた。
秋月慶五郎が打ち首……。
想像することすら胸がかきむしられる。平九郎の動揺を見透かしながら藤野は続け
る。
「評定所となりますと、三手掛《さんてがかり》でしょうな」
藤野は見通した。
三手掛とは町奉行、大目付、目付の三人による吟味と裁きだ。
平九郎が思案をしていると、

「評定が開かれるまでにはまだ日数がありますから、一つ検討なさってください。ただ、お粂への見舞金百両はすぐにもお決めになった方がよろしいと存じます」

藤野は言った。

評定所の吟味は式日《しきじつ》に行われる。式日とは毎月、二日、十一日、二十一日だ。秋月の吟味は次の式日、十一日には間に合わず、二十一日に予定されている。あと、十日余りである。

「証人が名乗り出ないということはわかりました。ですが、秋月が申した紋次郎とのいさかいを見ていた一団はどうなったのですか。当たってくれたのですか」

平九郎の問いかけを職務怠慢《たいまん》だと批難されたと受け止めたのか、藤野は目元をきつくして返した。

「もちろん、探しましたが、見つかりませんでした」

「では、名乗り出た者には当家が礼金十両を支払うと、あの界隈《かいわい》の町に触《ふ》れを出してください。町役人に要請して頂きたいのです」

独断で金子の提供を決めるべきではないが、盛義も重臣たちも却下《きゃっか》はしないだろう。

「報奨金《ほうしょうきん》ですか……それはいいかもしれませんな。わかりました」

藤野はぬぼっとした顔で触れを出すことを引き受けた。

「それとは別に二人の証人に百両の礼金を出すことを検討し、南町に連絡しましょう」

平九郎は話を切り上げた。

「ほんなら、よろしくお願い致します」

慇懃《いんぎん》に頭を下げ、藤野は出て行った。

「ふ〜ん」

思わず、平九郎はため息を吐《つ》いた。

すぐに矢代に報告をした。

「お粂への見舞金はすぐに用立てるべきだと思います」

平九郎は意見を添えて報告した。

「よかろう」

矢代も異論なしのようだ。

「して、証人の件は……」

平九郎はおずおずと問いかけた。

「秋月を御家から追うことは考えられぬな。おそらくは、殿も承知されまい」

矢代の見通しを受け、

「となりますと、秋月は大内家家臣のまま評定所で裁かれることになります」

矢代は首肯《しゅこう》した。

評定所で無礼討ちを勝ち取るには証人が不可欠だ。

加えて懸念《けねん》されることは、大内家は清瀬家との水争いがあり、評定所の吟味が二つ重なるということである。

それがどう影響するのか、そもそも影響しないのか、わからない。

「殿に報告せよ」

矢代に命じられ、平九郎は承知した。


矢代も一緒に書院で盛義に報告をした。

果たして盛義は、

「秋月を大内家から追うことは許さぬ」

珍しく自分の意見を主張した。

「御意にござります」

矢代は言い、

「秋月は評定所で吟味を受けることになります。評定所で死罪、打ち首の裁許が下っては大内家の沽券《こけん》に関わります。従いまして、証人を立てることを承諾せねばなりませぬ」

それでいいかと目で確認をした。

「偽証させるのじゃな」

盛義は念を押した。

「いかにもその通りです」

矢代は言う。

「そうか……偽証か……」

盛義は渋った。

「わたしは納得できませぬ」

平九郎は言い立てた。

盛義と矢代の視線を受け止めながら、

「偽の証人を立てるのは、許されることではありませぬ」

もう一度平九郎はきっぱりと意見を言上《ごんじょう》した。

「では、どうするのだ」

盛義は問い返した。

「証人を見つけます」

平九郎は言った。

「探す……探し出せるのか」

盛義は矢代を見た。

「評定所が開かれるまでにまだ日があります。その間に必ず見つけ出します」

平九郎は言い立てた。

「南町の同心が探索をしたのではないのか」

盛義は首を捻った。

「したのでしょうが……」

平九郎は答えを曖昧にすると、

「藤野のこと、信用が置けぬか」

盛義の不安を察し、矢代が問いかけてきた。

「どうも、よくわからぬ御仁《ごじん》です。のらりくらりというか、本音が何処にあるのかわからぬのです。勘繰れば、今回の一件で儲けようとしておるのかもしれませぬ。証人を仕立てることで、私服を肥やすのです。二人で百両には藤野殿の手数料が含まれているると思います」

平九郎の答えに、

「そういうことか、いや、それは大いに考えられるな」

盛義も納得するようにうなずいた。

「まずは、藤野殿が用意した証人に会ってまいります」

平九郎が言うと、

「よかろう」

盛義は了承した。

矢代が、

「ならば、お条への見舞金は用意致す」

それも、盛義は承認した。

「平九郎……頼むぞ」

盛義の期待に、

「お任せください」

力強く平九郎は答えた。

四

明くる十一日、まずは古田繁太郎切腹の立ち会いである。

平九郎は林田に古田との面談を強く願い出ようと思った。このため、切腹が行われる朝八つより半時早く榛名藩邸を訪れている。

裃《かみしも》に威儀《いぎ》を正し、御殿玄関近くの使者の間で林田に会った。

「本日は、ご足労を恐れ入ります」

林田らしい、畏《かしこ》まった物言いである。

「それで、古田殿と話をさせて頂きたいのです」

正面切って、平九郎は頼んだ。

林田はうなずくと、

「そう、申されるであろう、と思っておりました」

と、あっさりと承知をしてくれた。

林田の案内で藩邸裏手にある獄舎《ごくしゃ》へとやって来た。薄暗い獄舎は残暑厳しき朝ながら、ひんやりとしていた。陋屋《ろうおく》の中に古田は瞑目《めいもく》し正座をしている。林田が声をかけると、古田は薄目を開けた。

平九郎は一礼した。

古田も黙礼を返した。

林田に促され、平九郎は格子前の板敷に座った。

「古田殿、このような立場でお会いすること、心苦しゅうございます」

平九郎は声をかけた。

「死にあたり、椿殿へお詫び申す」

古田は深々と頭を下げた。

「古田殿は、何故、それがしに遺恨を抱かれた」

平九郎は訊いた。

「身に覚えはない……のでござるか」

古田は穏やかに問い直した。

死地へ向かい、古田の心境は清らかなようだ。

「花膳でのいさかいでござるか」

平九郎は言った。

「それは、悪酔いした拙者に非がござる。椿殿に科《とが》はない」

「ならば、一体……」

困惑して平九郎は問いを重ねた。

「今更、何を申しても詮《せん》ないこと。ただ、こうして、最後に言葉を交わせたことのみを、冥途《めいど》への手向《たむ》けとしとうござる」

古田の心境はわかるが、それでは平九郎の気持ちが鎮《しず》まらない。

「ですが……」

何とかして古田の本音を聞きたい。

古田は目を瞑り、切腹へ向け神経を張り詰めさせた。邪魔することは、武士としてあるまじき所業だ。

平九郎は林田を見て黙ってうなずいた。林田も無言で立ち上がる。


半時後、古田切腹の検分となった。

清瀬家の家紋が染め抜かれた幔幕《まんまく》が張られ、切腹の場には毛氈《もうせん》が敷いてある。そこより五間《ごけん》ばかり離れた正面に、藩主定正のための床几《しょうぎ》が据えられた。

幔幕の両側には裃に威儀を正した藩の重役たちが床几に座していた。

平九郎は定正に向かって深々と頭を下げた。定正は引き締めた表情を崩さず、平九郎を見返し、右脇を見た。小姓がそこにも床几を置いた。検分役として招いた平九郎の席だ。

介錯は林田である。

古田の冥途への旅立ちを祝するかのような晴天だ。百日紅《さるすべり》が紅色の花を咲かせ、朝の風は涼やかだ。

刻限《こくげん》を迎えた。

平九郎の胸に緊張が走った。恩讐《おんしゅう》を超え、古田への手向けとなるよう、その最期を見届けようと心に決めた。

しかし、古田は現れない。

じりじりと時が過ぎ、つくつくぼうしの鳴き声が耳障《みみざわ》りとなった。

「いかがした」

定正が床几から立った。

すると、林田が駆けて来て、定正の前に片膝をつき、何事かを耳打ちする。

「なんじゃと」

大きな声を定正は発した。

異変が出来したようだ。

まさか、古田は逃亡したのだろうか。平九郎は屋敷内を見回した。

「なんとしたことか」

定正は歯嚙《はが》みし、古田の行為を怒っているようだ。

林田が平九郎の近くにやって来た。

「いかがされた」

溜《た》まらず平九郎も腰を上げて問いかけた。

「古田が死にました」

眦《まなじり》を決して林田は告げた。

「……どういうことでござる」

予想外の報《しら》せに平九郎は口がわなわなと震えた。

「朝餉《あさげ》の粥《かゆ》に毒が盛られたようです」

林田は言った。

「毒を盛られた……とは、殺されたということですか」

平九郎は驚きを隠せなかった。

「そういうことになります。ただ今、台所で朝餉を調《ととの》えた者、膳を運んだ者などから話を聞いております」

「切腹に臨もうとした古田殿を殺す、どうも解せませぬ」

切腹する人間をわざわざ、毒を盛って殺す必要などはない。必要があるとしたら、

「藩主、伯耆守さまの面前《めんぜん》で古田殿は何かを訴えようとなさっていたのではありませぬか」

平九郎の推察《すいさつ》に、

「さあ、どうでしょうな。訴えたとて、切腹の沙汰が変わるとは思えませぬ」

林田は言った。

「それはそうですな。それと、わたしの受けた印象ですが、古田殿は覚悟を決めておられました。つまり、死に当たって、その……何と申しますか、潔《いさぎよ》い死を望んでおられたのではないか、と……そんな古田殿は、伯耆守さまの面前で見事に腹をかっさばくつもりでいたのでしょう。何かを訴えるような真似をする気などなかったのではございますまいか」

平九郎の考えに、

「同感ですな。古田は激情家で、酒癖も悪いですが、武士道ということには殊の外、忠実であろうとしました。それゆえ、切腹という武士の死を賜《たまわ》ったことには、殿に対

して深く感謝をしておったのです。そんな古田ですから、殿の御前《ごぜん》での切腹という場を穢すようなことはしないと思います」

林田も同調した。

「となると、殺されたのはいかなるわけでしょう」

「古田のそんな思いなどわからぬ、不届きな者に、古田に話されてはならぬ不都合があるのかもしれませぬな」

「ともかく、非常に後味《あとあじ》の悪い一件です。古田殿の死を穢した者へ、わたしは怒りを覚えます」

平九郎は唇を震わせた。

「まことと、椿殿にはわざわざご足労《そくろう》を頂き、このような不手際をお目にかけ、まことに申し訳なく存じます」

林田は謝罪した。

「林田殿が詫びることではございませぬ。ともかく、古田殿の死の真相を明らかにしてください」

平九郎が頼むと、

「明らかになったら、もちろん椿殿にお報せ致します」

林田は約束した。

「お願い致します」

平九郎は一礼した。

ここで、平九郎は清瀬家の家臣から声をかけられた。

定正が呼んでいるという。

平九郎は林田と共に、定正の前に伺候《しこう》した。

「椿、面目ない」

定正の顔は怒りと恥辱に染まっている。

「林田殿にも申しましたが、詫びるようなことではありません」

平九郎は言った。

「そうであるが……まさか、古田が殺されるとは……思いもせず、油断であった。それにしても、毒を盛られるとは」

定正は首を捻った。

平九郎も自分の考えを述べ立てた。

「うむ、しかしな」

定正は唇を噛んだ。

五

古田の死についての探索は林田右近に任せるとして、平九郎にはもうひとつの難題、秋月慶五郎、無礼討ちの一件について対処が待っていた。一旦《いったん》、藩邸に戻ると羽織、袴に着替えた。

昼下がり、じりじりとした日差しが降り注ぐ中、平九郎は茅場町の大番屋で南町の藤野と待ち合わせた。そこには、藤野が見つけ出した、いや、仕立て上げた証人が二人いた。

藤野は町役人たちを大番屋から外に出させ、平九郎を招じ入れた。

「椿さま、この者たちですわ」

藤野は二人を見た。

一人は三十年配、もう一人は二十年配、どちらも男である。三十年配の方は朝顔売り、もう一人は商家の手代であった。

藤野が顎をしゃくると、

「峰吉《みねきち》と申します」

朝顔売りが名乗り、

「貞二《さだじ》でございます」

手代が自己紹介をした。

平九郎が黙っていると、

「この二人が紋次郎の奴が秋月さまに無礼を働いていたのを、ちゃんとその目で見ましたんで。なあ」

藤野は言い、二人に声をかけた。

「そ、そうなんです」

峰吉が返事をした。

貞二は黙ってうなずく。

「どのような様子であったのだ」

平九郎が問いかける。峰吉は藤野を見た。藤野が、

「お話しするんだ」

と、促す。

「ええっと、そうですね」

峰吉は視線を宙に彷徨わせ、しばし思案の後に、

「ええっと、神田の……」

と、話を始めた時、

「馬鹿、馬喰町だ」

藤野が平手で峰吉の頭を叩く。

「す、すんません」

慌てて峰吉は話をやり直す。

「おまえな、わしが散々に教えてやっただろう。どんな具合に話せばいいか、って」

呆《あき》れたように藤野は顔をしかめる。

貞二は口の中でもごもごとするだけで、言葉すら発せられない。

「おいおい、おまえらなあ」

顔をしかめ、藤野は二人をなじった。

次いで、平九郎に向き、

「評定所で吟味が行われるまでには、きちんと証言できるようにさせますので」

藤野は頭を掻いた。

平九郎は二人に、

「そなたら、まことは秋月と紋次郎のいさかいの場におらなかったのであろう」

努めて優しく問いかけた。

二人が答える前に、

「いや、椿さま、そこはうまくやりますんでね、何にもご心配はいりません」

慌てて藤野が取り繕った。

「それは、無用です」

平九郎は断った。

「いや、そういうわけには……」

藤野は戸惑う。

「そなたら、評定所で偽りの証言をしては、処罰されるのだぞ」

平九郎は二人を交互に見た。

峰吉はうなだれ、貞二はぶるぶると震え出した。

「で、ですから」

尚も藤野は繕《つくろ》おうとしたが、

「お上《かみ》は甘くはないぞ」

平九郎は強い口調で言い放った。

藤野は顔をしかめた。

「帰るんだ」

平九郎は二人に言った。二人はそそくさと出て行った。

藤野は唇を噛み、むっつりとした。藤野の唇から出っ歯がはみ出、嫌な空気が流れた。それでも藤野は、

「ちゃんと、証言をさせますんで。今日のところは勘弁してください。時がなかったもので、あんな不細工なところをお見せしてしまいました」

と、詫びた。

平九郎は首を左右に振り、

「いや、藤野殿、当家のために証人を見つけて頂いたのには感謝申し上げますが、偽《にせ》の証人というのは承服《しょうふく》できませぬ。これは、礼金を惜しんでのことではござらぬ」

と、告げた。

「椿さまの申されることはごもっともですが、証人なんて、そう、おいそれと見つかりませんよ」

藤野は不満げに鼻を鳴らした。

「偽の証人は受け入れられません」

断固として平九郎は返した。

「ですがね、証人が見つからないことには秋月さまは、単なる町人殺し、となるんですよ。秋月さまだけじゃ、ござんせんよ。ご家来が江戸の街中で罪もない、丸腰の町人を叩き斬ったとなりゃ、大内さまの沽券にも関わるんじゃござんせんか」

平九郎の足元を見透《みす》かすかのような嫌らしい笑みを顔に貼りつかせ藤野は言った。その顔には、融通《ゆうづう》の利かない、鯱《しゃっちょこ》ばった考えに固執《こしつ》すると平九郎を小馬鹿にしているようでもある。

「藤野殿にはおわかり頂けないかもしれませんが、偽の証言で切り抜けては、その場は凌《しの》げても後々、災禍《さいか》を及ぼすでしょう」

「ほう、なるほど、それなら、どうしますか。わしも役目ですから、証人探しはしますがね、見つけられる保証はありませんよ。見つからないうちに評定所で吟味が始まってもいいんですか」

「わたしも探す」

平九郎は決意を示すように目を凝らした。

「ほう、椿さまが……そりゃ、留守居役さまですから、江戸はお詳しいでしょうが……」

いかにも藤野は見下していた。

「秋月と大内家のために、探し当てます」

藤野に侮られまいと、平九郎は宣言した。

「ご立派なことですな」

藤野はうなずき、「そろそろかな」と呟いた。

「お粂の家に参るのですな」

平九郎が言うと、

「いや、それには及びません。お粂を呼んでありますんでね」

「こちらから出向くのが筋ではないのか。紋次郎の位牌《いはい》に手を合わせ、その上でお粂の見舞金を渡したいのだが……」

「椿さまが足を踏み入れるような家じゃござんせん。神田三河町《みかわちょう》にある裏長屋のごみ溜《ため》に近い所にあるんですからね」

藤野は薄笑いを浮かべた。

「いや、家が汚いきれいというのではない。こちらから、出向くべきだ」

平九郎は藤野に案内を請《こ》うた。

そこへ、

「御免ください」

お条がやって来た。

藤野は平九郎に笑いかけてから、「入れ」と声を放った。

お条が入って来た。

紋次郎の死を聞いて駆けつけて来た時とは違い、落ち着いている。平九郎を見ると、丁寧にお辞儀をした。

藤野が、

「椿さまがな、紋次郎の香典を持参なさったんだ。まあ、金を受け取ったからって、紋次郎は帰ってこないんだが、それでも、墓くらいは建ててやれるだろう」

と、お条に声をかけた。

「は、はい」

お条は殊勝《しゅしょう》にうなずいた。

平九郎は、

「まこと、すまなかった。秋月に代わり、このようなものでしか償《つぐな》いができないが、受け取ってくれ」

と、紫の袱紗《ふくさ》包みをお条の前に置いた。平九郎は包みを開いた。二十五両の紙包み、すなわち切り餅が四つある。

お条は両目を大きく見開き、驚きの余り、言葉が出て来ない。

藤野が、

「遠慮することあねえ。大内さまのご好意なんだ。貰っときな」

と、声をかけた。

「は、はい……ありがとうございます」

おずおずとお条は百両を受け取り、平九郎に頭を下げた。

「いや、頭など下げなくともよい」

平九郎は制した。

「旦那、本当に頂いていいんですよね」

お条は藤野に確かめた。

「もちろんだ。遠慮はいらねえよ」

平九郎の顔を見ながら藤野は答えた。

お条はうつむいた。

「まあ、ともかく、紋次郎が恵んでくれたって思うんだな」

藤野は言った。

「そうですね」

お条はうなずく。

「さて、帰りな」

藤野に言われ、お条は自身番から出ていった。

「お条の方は、これでいいですな」

藤野に言われ平九郎はうなずく。

「なら、わしは、これで。これでも、忙しい身なんですよ。色々と顔を出さなけりゃならないところがあるんで」

藤野は言い訳をした。

「わかりました。お手数、おかけした」

慇懃に平九郎は礼を言った。

六

平九郎は馬喰町の茶店にやって来た。

秋月が紋次郎とのいさかいが生じた茶店である。

往来に面した菰掛《こもが》けの茶店だ。

ぱらぱらと客がいて、冷たい麦湯を飲んでいた。すると、

「平さん」

と、佐川がやって来た。

「これは、佐川殿、よくぞ、おいでくださいました」

平九郎は茅場町の大番屋で藤野が仕立てた証人を拒否したこと、お条に百両の見舞金を渡したことを話した。

「そんでいいよ。となると、是《ぜ》が非《ひ》にも証人を捜さなきゃいけないいな」

佐川は楽しむかのようだ。

平九郎が不快な表情をすると、

「まずは、ここだ。この茶店で本当に何があったのか、調べなきゃいけねえ」

佐川は耳打ちをした。そうすると、平九郎は緊張の面持ちとなった。

店を営んでいるのは父親と娘のようだ。娘は愛想よく客の間を廻っている。客たちも娘に馴《な》染《じ》んでいるようだ。

すると、

「お主《ぬし》、無礼だろう」

突如として佐川が大きな声を上げた。

「な、何を」

戸惑って平九郎は問い返した。

「おれの足を踏んだだろう」

佐川は言うと、思わせぶりに右目を瞑《つむ》った。芝居に付き合えということだ。

調子を合わせ、

「言いがかりはよしてくだされ」

平九郎は返した。

娘がやって来た。

佐川が、

「この無礼者が、おれの足を踏んだんだ」

佐川は騒ぎ立てた。

娘は困惑をしている。

すると、佐川が、

「なんてな……こんな具合に侍と町人のいさかいがあっただろう」

と、一転した笑顔で娘に問いかけた。娘は口を半開きにして、

「は、はい……ございました」

と、戸惑い気味に認めた。

「その時のこと、詳しく話してくれないか」

佐川が頼むと、

「詳しくとおっしゃられても……」

娘が答えるには、やくざ者が秋月に一方的に言いがかりをつけたのだそうだ。その時、秋月は紋次郎の足を踏んでなどいなかった。

「どうして、それがわかったんだい」

佐川が問いかけると、

「だって、それは」

娘が言うには秋月と紋次郎は座った位置に距離があったそうだ。

「じゃあ、紋次郎……町人の方だけど、酒に酔っていたんじゃないのかい」

佐川の問いかけに、

「そんな風には見えなかったですね。注文の口調もしっかりなさってました。麦湯と草団子《くさだんご》を注文してくださったんですけど、酔った風には見えませんでした」

思い出しながら娘は語った。

佐川が、

「酔った奴が、草団子は食わねえよな」

と、平九郎に同意を求めた。

「そうとは限らないと思いますが、そうですよね」

慎重な物言いから曖昧《あいまい》に言葉を濁してしまった。

「ここに来た時は酔っていなかったんだ。それが、酔ったふりをした。どうしてだろうな」

いさかいが起きたのは、七日の昼九つ半、陽が高いうちであった。

「絡んだ町人、大工だったんだがな、大工道具は持っていなかったのかい」

佐川が問いかけた。

「はい」

持っていなかったと娘は答えた。

ここで平九郎が、

「普請現場に置いてきたのかもしれませんよ」

と、佐川に言った。

佐川はうなずきながら、

「この界隈に普請場はあるのかい」

「さて」

娘は父親である亭主に確かめたが、この近くにはないと、答えた。

「大工仕事、休みだったんじゃないですかね」

平九郎は問いかけた。

「天気は良かったんだぞ。ということは、紋次郎は怠けていたのか」

「お条によると、真人間になったそうです。しくじった大工の棟梁に詫びを入れて、一日も休まず、遅刻せず、と誓って許してもらったということだったんですよ」

平九郎は疑問を呈した。

「一体、何をやっていたんだろうな」

佐川は疑問を呈した。

「どうなんでしょうね」

平九郎の胸に大きな疑念が広がった。

「こりゃ、臭うぞ」

佐川はうれしそうに腕を組んだ。

「町人は侍より、後に来たんだね」

平九郎の問いかけに、

「その通りです」

娘は認めた。

「紋次郎は秋月に言いがかりをつけるために、ここにやって来たってことになるな」

佐川は言った。

「なるほど」

平九郎も同じ考えになった。

「よし、行くか」

佐川は立ち上がった。

茶店を出て秋月が紋次郎を無礼討ちにした現場へとやって来た。

人の往来はひっきりなしである。

こんなところで、侍と町人が言い争いになり、侍が刀を抜いたなら、嫌でも耳目《じもく》を集めるだろう。

「証人はいくらもいそうだがな」

佐川は見回した。

通りすがりの者たちの往来は盛んである。

しばらく人の行き来に佐川は視線を向けていたが、

「面倒事になると関わりたくはないってことさ」

と、諦めたように首を左右に振った。

「そうかもしれませんね」

平九郎は不満を抱かずにはいられない。そうだとしても、人が死に、人が名誉を立てようとした一件なのである。

すると、

「あの」

と、声をかけられた。

茶店の娘だった。

「おお、さっきはありがとうな」

佐川が気さくに声をかけた。

平九郎も優しく微笑む。

娘は結衣《ゆい》と名乗った。

「わたし、あの日、お侍さまとやくざさんが……すみません、お名前を存じ上げないので」

お結衣はぺこりと頭を下げた。

佐川が笑って、

「町人はな、大工なんだ。紋次郎っていってな。まあ、お結衣ちゃんがやくざって見なしたのも無理はない男なんだがな」

と、言った。

すると平九郎が、

「紋次郎を見て、どうしてやくざ者と思ったのだ」

お結衣に問いかけた。

佐川が、

「そりゃ、あの態度が」

と、言いかけて、

「ほんとだ。どうして、やくざ者だって思ったんだ」

と、訊いた。

「それは……なり、と言いますか。態度と言いますか」

お結衣が言うには、紋次郎は着物の胸をはだけ、態度も悪く、ぞんざいな口を利いたのだという。

「つまり、半纏、腹掛けじゃなかったってことだ。そりゃ、大工には見えないよな」

佐川の言葉を平九郎が受け継ぎ、

「ということは、紋次郎は大工の仕事帰りではなかったたって、わけですね」

「仕事がなかったのか……」

佐川は宙を見上げた。

平九郎はお結衣に向いた。

お結衣は話を続けた。

「それで、わたし、気になってしまって……だって、うちの店でいさかいが起きて、それが原因で争い事になってしまったら、と怖くなって」

気になってお結衣は後を追ったのだった。

「お侍さまは、紋次郎さんを相手にはなさっていませんでした。もう、話はすんだ、と突き放しておられたのです。それを、紋次郎さんはしつこく、取りすがっておりました。まるでしつこい酔っ払いみたいでした」

お結衣は言った。

「あんまりにもしつこいので、わたし、とんでもないことになりはしないかって、とっても怖かったんです」

お結衣が危ぶんだように、紋次郎は秋月の羽織の袖にまで取りすがった。

「まるで、無礼討ちにしてくれって、言っているようなものだな」

佐川は言った。

「それで、どうなった」

平九郎が問いかける。

「それで……」

お結衣は口をつぐんだ。

ひょっとして、お結衣が無礼討ちの瞬間を目撃していてくれたのなら、証人になってくれるのではないか。

平九郎は強い希望を抱いた。

「どうした」

佐川が問いを続ける。

「それから、わたしは、帰ったんです。突然、ぞろぞろと人がやって来て、あたしを押し退けたんです。わたし、転んでしまいました」

数人の男女がお結衣を突き飛ばし、秋月と紋次郎のいさかいを見物し始めたそうだ。

秋月が言っていた一団に違いない。

「その者たちについて聞かせてくれ」

光明を見出し、平九郎は言葉を上《うわ》ずらせた。

が、期待に膨らんだ胸は一瞬にしてしぼんだ。お結衣は怖くなって、一目散《いちもくさん》に帰っていったのだった。お結衣は申し訳なさそうに顔を伏せた。

「それで……騒がしくなったんです」

嫌な予感が的中《てきちゅう》した、とお結衣は思ったそうだ。案《あん》の定《じょう》、紋次郎が斬られたのだと、茶店に入って来た客に聞いたという。

「証人になれなくて申し訳ございません」

しおらしくお結衣は詫びた。

「誰か、馴染みの客で証人になってくれる者はいないかな」

淡《あわ》い希望を抱きつつ平九郎は問いかけた。

「わかりました。わたし、お客さんに声をかけてみます。それと、お店に貼り紙も出します」

お結衣は請け負ってくれた。

「そうか、それはありがたい」

感謝してから平九郎はどうしてそこまで助けてくれるのか、疑問に思った。すると、お結衣が、

「お侍さま、とってもお優しいのです」

秋月は三度ばかり来店したのだそうだ。

「うちの店の近くの公事宿に用があるとおっしゃって、お団子をお土産に買っていってくださったり、帰りに立ち寄ってくださった時には、お侍さまなのに、とってもお優しくて……それが……人を斬ったなんて、信じられなくて」

お結衣は言った。

「ありがとうな」

平九郎は心から感謝した。

七

お結衣が戻ってから、

「お結衣が証人になってくれればよかったのですがね」

平九郎は残念がった。

「なに、残念でもないぜ」

佐川は言った。

「それは……」

　平九郎が問い返す。

「もう、無礼討ちの証人に拘《こだわ》る必要はなくなった」

「というと」

「紋次郎と秋月の絡み方、あまりにも不自然だぞ」

　佐川はお結衣の証言を持ち出した。

「確かにおかしいですね。あれでは、まるで、斬ってくれといわんばかりですよ……。そういやあ、南町の藤野殿が言ってましたよ。秋月は立ち去ろうとしたのに、紋次郎が引き留めた……逃げるのか、それでも侍かって」

　そこまで言われ、尚且つ、藩主盛義から下賜された羽織に唾を吐きかけられたとあっては、斬らなければ、武士にあるまじき所業ということになってしまうのだ。

　そんな紋次郎の所業からてっきり悪酔いしていたのだと思われたが、お結衣によると、紋次郎は素面《しらふ》であったのだ。

「おかしいな」

　佐川はにんまりとした。

「紋次郎は秋月殿に無礼討ちにされようとした、ということですか」

平九郎が問うと、

「この場合、考えなきゃいけないのは、紋次郎が秋月を狙って無礼討ちにされるよう仕掛けたのか、それとも、侍なら誰でもよかったのか、ということだ」

言葉を佐川は止めた。

「なるほど、それによって話は変わってきますね」

平九郎もうなずく。

「それと、目的だ。何のために、無礼討ちにされようとしたのか」

佐川の疑問はもっともである。

「お条の話ですと、紋次郎は真面目に働くことを誓っていたそうなんです。その矢先に、あんな真似をしたというのが、解せません」

平九郎は話を続けた。

「よほど、深い事情があったのだろうな。これは、やはりお条に確かめる必要があるぞ」

佐川は言った。

「わかりました。お条を訪ねましょう」

平九郎も賛同した。

「それと、紋次郎の大工仲間からも話を聞いた方がいい」

「その通りですね」

平九郎も納得する。

「なら、お条の所だな」

佐川はお条の家に行こうと促した。


四半時《しはんとき》後、平九郎は神田三河町のお条の家にやって来た。

お条は平九郎と見知らぬ侍の訪問に戸惑いながらも、百両の見舞金を出してくれた相手を無碍《むげ》にはできないと思ったようだ。

「汚いところですけど」

と、断ってから、二人を家の中に入れた。

狭いながらも、お条は掃除をきちんとしていた。

まずは、紋次郎の位牌に両手を合わせた。

木箱の上にあった。

次いで、佐川を、

「今回の一件で、証人探しを手伝って頂いているのだ」

と、紹介した。

「まあ、お旗本が」

お条は驚いた。

「満更、知らない仲でもないし、おれは暇なんだよ」

佐川らしい砕けた調子で言った。

「そ、そうなんですか」

お条はそれでも警戒心を呼び起こしたようで身構えている。

「ところで、紋次郎だが、真人間になって、仕事をすると誓ったのだったな」

平九郎は確かめた。

「はい」

お条はうなずく。

「あの日、仕事はどうしたんだ」

平九郎は問いかけた。

「休みだったんです」

お条は答えた。

「普請にはもってこいに晴れていたのにか」

「ええ」

お粂は首を捻った。

「馬喰町には何か用事があったのか」

平九郎は続けて問いかける。

「さあ、それは、心当たりがありません」

お粂はわからない、と答えた。

困惑の顔つきは、嘘を吐いていない証《あかし》であった。

第三章　恵《めぐみ》の水

一

十五日、浅草田圃にある金峰水神社は、大いなる賑わいの中にあった。

相変わらず、残暑厳しいのだが、大勢の人々が詣《もう》でているのは、神社の巫女たちによる、神楽《かぐら》が評判を得ているからだ。

綾女率いる巫女たちの神楽が殊の外評判がよく、大勢の男たちを魅了している。平九郎は林田右近から社務所に呼び出された。

平九郎の顔を見るなり林田は、

「本日、ご足労を頂いたのは、水争いについてでござる」

と、切り出した。

「間もなく、評定所にて吟味が始まります。評定所の裁許に従うつもりなのですが……」

林田の腹の底を計り兼ね、平九郎はまじまじと見返した。

「それは至極《しごく》もっともなことで、わが殿もそれを望んでおられます」

いかにも奥歯に物が挟まったような林田の物言いに平九郎は首を傾《かし》げる。

「こうした争い事には双方に言い分がござる」

林田の言葉に、

「わたしもそう思います。今回の水争いは籤引きの成否《せいひ》が吟味の対象となります。当家の言い分は、いくら何でも二年続けて取水の順番において清瀬家中が上位を占め、当家側の村が下位とは解せない、そこに作為《さくい》があったのでは、という疑念です」

確認するように平九郎はゆっくりとした口調で語った。

「ごもっともな言い分と存じます。ですが、籤は金峰水神さまの御神意……とはご理解なさりませせぬな。当家の言い分を申しますと、先だって椿殿にもお話し致しましたように、わが殿は殊の外、金峰水神さまへの崇敬の念が深く、総本社、江戸や国許上州榛名の支社には多額の寄進をし、社の修繕にも熱心、総本社には自ら鍛えた刀を奉納致しました。それゆえ、その気持ちが通じたのでござろう。旱魃の畏れのあった昨年の夏、金峰水神さまは嵐を呼んでくださり、金峰川の水量は豊かに満たされたのでござる。籤とても、金峰水神さまのご神意により、当家に有利な結果をもたらしたと、考えられませぬか」

饒舌《じょうぜつ》に林田は金峰水神の神意を言い立てた。

「籤引きの結果はあくまで金峰水神さまのご神意、と申されるのですな」

平九郎は林田を睨んだ。

「椿殿はご神意を軽《かろ》んじておられるのですか」

「としましたら、神罰《しんばつ》が下《くだ》りますか」

平九郎は冗談めかしたが林田は硬い表情で言い立てた。

「椿殿は足利《あしかが》六代将軍、義教《よしのり》公をご存じですか」

思いもかけない問いかけに平九郎は答えが返せない。

足利将軍なら、初代の尊氏《たかうじ》、金閣を建立した義満《よしみつ》、銀閣の義政《よしまさ》……織田信長《おだのぶなが》に追放された最後の将軍は確か義昭《よしあき》……六代の義教は……ああ、そうだ、「万人恐怖《ばんにんきょうふ》」と恐れられ、専横《せんおう》を極めた将軍ではなかったのか。

そうだ、思い出した。足利六代将軍義教は希代《きたい》の独裁者《どくさいしゃ》、専横が災いして非業《ひごう》の最期を遂げた。

平九郎が思案を巡らしていると、

「義教公は『籤引き将軍』の異名《いみょう》がござる。五代将軍義量《よしかず》公急死に伴う後継将軍選定において、幕府首脳は評議の結果、石清水八幡宮《いわしみずはちまんぐう》で籤を引き、六代将軍を決めた。義量公にお子がなかったため、候補となったのは義量公のお父上四代将軍義持《よしもち》公の四人の弟方であった。その中から籤によって選ばれたのが義教公でござる。ために義教公は籤引き将軍と称されましたが、これは揶揄《やゆ》ではなく、石清水八幡宮の神意によって選ばれた将軍という畏敬の念が込められていたのです。石清水八幡宮の籤は神意に他ならず、神に選ばれた将軍、と義教公はご自身を誇り、政《まつりごと》を行われた。それほどに神社の籤は尊いもの……決しておろそかにしてはならぬもの、それをおわかり頂くべきと思い、義教公の故事《こじ》をお話し致した」

立て板に水の口調で林田は語った。

すかさず平九郎は反論に出た。

「石清水八幡の御神意により、将軍と成られた義教公は、『万人恐怖』と恐れられる政をなさいましたな。意に染《そ》まぬ守護大名《しゅごだいみょう》を遠ざけ、家督《かとく》争いに介入《かいにゅう》、時として追放、暗殺も辞さず、ご自身が天台座主《てんだいざす》をお務めであったにもかかわらずご自分の意に染まない比叡山延暦寺《ひえいざんえんりゃくじ》の僧侶を捕えて首を刎《は》ねた。ために延暦寺は根本中堂《こんぽんちゅうどう》に火をかけて抗議をした……更には鎌倉公方《かまくらくぼう》を滅ぼし、益々専制を強めた。その挙句《あげく》、有力守護大名、赤松満佑《あかまつみつすけ》の自邸に招かれて暗殺されるという非業《ひごう》の最期を遂げられた。籤が神意としましたら、万人を恐れせしめた義教公の政も神の御意思なのでしょうか。わたしにはそうは思えませぬ」

「なるほど、義教公の故事は適切ではありませんでしたな」

林田は苦笑した。

ここぞと平九郎は畳み込んだ。

「その義教公の事績と信長公は軌《き》を一《いつ》にするかのようです。信長公は比叡山延暦寺を焼き討ち、武田《たけだ》を滅ぼした後、義教公同様に富士遊覧をし、敵対する者を情け容赦《ようしゃ》なく滅ぼし、挙句に重臣明智光秀《あけちみつひで》の謀反《むほん》に倒れました」

「信長公は籤の神意を受けてはおりませぬぞ」

隙《すき》を突くように林田は反論した。

しかし、平九郎は動ぜず、

「信長公が飛躍を遂げることになった桶狭間《おけはざま》の合戦《かっせん》、今川義元《いまがわよしもと》の大軍と戦う前、信長公は熱田神宮《あつたじんぐう》で御神籤を引いた、という伝承があります。結果は大吉《だいきち》、加えて社から熱田大明神《だいみょうじん》の声が聞こえたそうです。これは味方を鼓舞《こぶ》せんとする信長公の細工《さいく》であったとされております」

「つまり、籤は人の意思で細工できると言いたいのですな」

「いかにも」

平九郎は語調を強めた。

「よろしかろう。拙者とて、金峰水神さまの御神意のみを楯に評定で勝てるとは思っておりませぬ。但し、負けもしませぬぞ」

林田は強気の姿勢を崩さない。

「籤が御神意ではなく、細工だと明らかにできぬということですか」

「つまるところそうなりますな。籤の結果が偏《かたよ》っていたからと申して、全く起こりえないことはない。よしんば御神意ではなくとも、運とも言えるのですからな」

林田の主張はもっともだ。

「来年、もし、これまでと同様に清瀬家中に偏った籤の結果となったとしたら……」

「そうなっても、同じことでござる。御神意、運、それらを覆《くつがえ》す確《かく》たる証はない……」

語調鋭く断じてから林田は一呼吸置いて、半身を乗り出すと、

「椿殿、取引きを致しませぬか」

不意に申し出た。

「取引きと申されると」

平九郎は首を傾げた。

「これを御覧くだされ」

林田は絵図を持ち出した。水争いをしている大内領宮根村以下の六村と清瀬領堀越村以下の五村の絵図面である。双方の村には金峰川から引かれた用水路が網のように巡らされている。

取水口《しゅすいぐち》には金峰水神社が描いてあった。加えて各村の戸数、戸別の石高《こくだか》までが記してある。

「大内領のうち、特に取水順下位の二村、宮根村と川田村《かわだむら》の水量が少なく、稲の実りに禍《わざわい》となっているのですな」

二つの村を林田は指差した。

この場で、これ以上の話し合いを続けても意味がないではないか、と平九郎は思った。

が、林田は熱を入れ、金峰水神社の話をした。

正直、平九郎にはどうでもいいことだ。水神社の由緒《ゆいしょ》を知ったところで、評定所の吟味で有利な材料とはならない。ただ、興味を引いたのは金峰水神社の御神体《ごしんたい》は金峰川そのものであることだった。大和国の古社《こしゃ》、大神神社《おおみわじんじゃ》の御神体は山だ。古社には岩、山、滝を御神体とする神社は珍しくはないが、川というのは意外だった。

林田の講釈《こうしゃく》に飽きてきた頃、綾女が入って来た。

「先日は、お世話になりました」

平九郎は古田に絡まれた一件の礼を述べ立てた。綾女は静かに微笑む。

「今、椿殿と水争いについて話し合っておったところでござる」

林田が語りかけると綾女は首を縦に振った。

「当家の宮根村、川田村にしてみれば、必要な水が得られないとなれば、作物の実りばかりか、暮らしが成り立たないのです」

平九郎は綾女に理解を求めた。

「よくわかります」

綾女は理解を示すかのようだ。

「では、お答えください。金峰水神社で引かれた籤、細工《さいく》を施してはいませぬか」

ずばりとした平九郎に問いかけに、

「椿殿、無礼であろう！」

林田は気色《けしき》ばんだ。

対して綾女は落ち着き払い、

「籤は金峰水神さまの御神意でございます」

と、無表情で答えた。

窓から吹き込んできた風に漆黒の髪がたなびき、澄んだ瞳が煌《きら》めいた。侵し難い威厳に平九郎はたじろいだ。

そんな平九郎を見て、林田は綾女の威に討たれたと見なしたようだ。怒りを鎮め、表情を柔らかにして取引きの続きを語り始めた。

「椿殿が申されることも至極《しごく》もっともでござる。ですから、宮根村、川田村の田畑の実りの落ち込み分、これを当家にて負担致す」

「負担とは……」

平九郎はまじまじと林田を見返した。

「当家より、年貢の不足分、ならびに領民たちの暮らしが成り立つような金子《きんす》をお渡しする、ということです」

はっきりと林田は言った。

「なるほど……」

平九郎はちらりと綾女を見た。

綾女は超然《ちょうぜん》として黙っている。

「しかし、わたしの一存《いちぞん》では……この場でお答えはできませぬ」

平九郎が返すと、

「ごもっともです。藩邸に持ち帰り、じっくりと話し合ってくだされ。また、これは協議をして頂くに値する提案だと自負しておりますぞ。念のため申しますが、わが殿も了承しております」

林田は言った。

一見して、魅力ある提案のようだ。

水利権を巡り、既設《きせつ》の溜池《ためいけ》、川ではない取水口を使用する場合、一定の禄《ろく》を見返りに支払うことは珍しくはない。

だが、林田の申し出を受ければ、今後も取水順は下位に留め置かれる。金峰水神の神意の名の下に合法化されるのだ。

そうなれば宮根村、川田村はどうなる……。

「大変にお気遣いある申し出ですが、宮根村と川田村の田圃や畑は荒れてしまいます。いくら、村民の暮らしに不自由しないといっても、田圃や畑が病んでは、村民の暮らしばかりか生き甲斐を奪うようなものではないでしょうか。大地と共に生き、恵を享《きよう》受《じゆ》する喜びを二つの村の民から奪ってはなりませぬ」

平九郎は考えを述べ立てた。

「椿殿のご懸念《けねん》はわかります。しかし、農民たちは楽な暮らしに流れるものですぞ。懸命に野良《のら》仕事をしなくとも不足分が補われるとあれば、その暮らしに慣れるものです。水は高きから低きに流れるのが自然の摂理《せつり》ではござらぬか」

林田の言う通りである。

それでも納得できない。

「それほどの大きな土地ではござりませんぞ。石高にして、両方の村で精々二百石、農家にして五十軒余りです」

林田は絵図に筆で線を書き込んだ。

「いかがかな」

林田に確かめられた。

いかにも小さな一帯である。それらの農家を領内に移住させることもできるだろう。やはり一見して好条件である。

「椿殿、お考えくだされ」

重ねて林田は頼んだ。

「藩邸に持ち帰ります」

平九郎は言った。

ここで綾女の表情が豊かに彩られた。笑みを浮かべ、

「わたくしからもお願い致します。水神さまの棲む川を守らなければならないのです」

と、頭を下げた。

威厳と威圧があると感じるのは古田の一件の負い目なのかもしれない。

「ところで、古田殿の死ですが……」

話題を古田毒殺に向けた。

「下手人《げしゅにん》はわかったのですか」

平九郎の問いかけに、

「目下、探っております」

林田は探索の経過を語った。

毒、すなわち石見銀山《いわみぎんざん》は朝餉の粥に混入されていた。その粥は台所で用意されたのだが、台所は朝餉の支度の最中とあって誰でも毒を盛ることはでき、それに注意を向

ける者はなかった。

朝餉を運んだ奉公人が怪しいのではないかと林田は疑っているそうだ。

「その奉公人、以前、古田より理不尽《りふじん》な扱いを受けたのです」

奉公人は酒に酔っていた古田が虫の居所《いどころ》が悪く、その不機嫌さに八つ当たりされてしまったそうだ。

「足蹴《あしげ》にされたそうです」

奉公人は古田の乱暴に屈辱を感じ、深く古田を恨んだのだった。

「しかし、いくら古田殿を恨んだとはいえ、これから腹を切ろうという者を、わざわざ毒を盛って殺すものでしょうか」

平九郎は疑問を呈した。

「それがしも、その点は疑問を感じました。ですが、自分の手で古田を殺めたい、と思ったのではないか、とも考えられますな」

林田の考えを受け、

「そうでしょうか……どうも、わたしには納得ができませぬ。林田殿、その奉公人が下手人だと決めつけない方がよろしいのではございませぬか」

平九郎が異論を唱えると、

「そうですな……」

浮かない顔で林田は生返事《なまへんじ》をした。

林田はこれで一件を落着にしたいようだ。多忙な林田ゆえ、いつまでも、古田毒殺に関わっていられないのかもしれない。

「いや、出過ぎたことを申しました」

古田毒殺はあくまで清瀬家中の問題なのだ。他家が介入すべきではない。

「とんでもござらぬ。当家の不手際《ふてぎわ》でござります。椿殿にご迷惑をおかけしたのですから、仏の悪口になりますが、死んでも古田は椿殿に迷惑をかけましたな」

林田は失笑《しっしょう》を漏らした。

「そのことはもう、水に流しました」

平九郎は言った。

「水神だけにですな」

軽口《かるくち》を叩いてから林田は、「不謹慎でした」と詫びた。

「椿殿のご助言を受け止め、古田殺しの下手人探索に努めます」

林田が約束すると、

「わたしの考えですが」

と、言いかけたがやはり、差し出がましい、と平九郎は言葉をつぐんだ。

「遠慮なく申してくだされ」

林田は平九郎の考えを聞きたいと頼んだ。

「この一件、切腹しようとする古田殿を何故、毒を盛って殺したのか、という点が最大の謎であり、その謎が解ければ下手人もわかるような気がするのです」

平九郎の考えに、

「いかにも、それがしもそんな気がしますな」

林田は賛同してから、

「殿の御前での切腹、古田の口から殿に何か讒言《ざんげん》されると、下手人は思ったのかもしれませぬな」

と、推察した。

「そうとしますと、古田殿のお仲間が……」

古田と共に平九郎に因縁をつけてきた者たちの顔が浮かんだ。

すると林田は平九郎の心中を察したように、

「古田の仲間ですな。結束《けっそく》しておるようで、その実、仲間割れが起きておったとの噂もございましたのでな」

「少々、荒っぽい方々でしたわね」

綾女言った。

これ以上、ここで考えても古田殺しの真相は明らかにできない。

「では、ご提案の件は確かに承りました」

平九郎は腰を上げた。

二

社務所を出た。

夕暮れ近くなり、風には涼《りょう》を感じるようになった。鳥居を潜って表に出た。

田圃には赤とんぼが舞っている。一面の緑を眺めていると、国許の風景を思い出した。領民の汗の結晶が稲穂となって実る。その実りを取引きで奪うことへの良心の呵《か》責《しゃく》を感じてしまった。

すると、

「椿殿」

と、野太い声が聞こえた。

古田の仲間だ。

平九郎は振り返ると身構えた。

菅笠《すげがさ》を被った侍が二人いる。平九郎を見て、

「誤解しないでくだされ。我ら、椿殿に危害を加えるものではござらぬ」

一人が言った。

「何用でござるか」

平九郎は警戒を怠らずに問いかけた。

「ちと、話がしたい」

もう一人が頼んだ。

きっと、古田毒殺に関係することなのだろう。それなら、望むところだ。

「よろしかろう」

平九郎が応じると、

「この近くに手ごろな酒場がござる」

男に言われ、酒を入れて話をすることに抵抗を感じたが、親しくもない者の腹の内を探るに、酒が入った方がいいのかもしれない、と応じることにした。二人について、浅草田圃の畦道《あぜみち》を進み、浅草寺のすぐ裏手に至った。

そこに、酒場らしい暖簾《のれん》が出ている。箱行灯《はこあんどん》に灯が入っていた。

「留守居役殿をお連れするような店ではないのですがな」

背の高い方が言うと、小太りが引き戸を開け、

「親父、三人だ」

と、声をかけた。

亭主は不愛想な男で、「いらっしゃいませ」の一言もなく、うなずいただけだ。店内には縁台が三つ置かれ、数人の先客があった。いずれも、職人風の男たちであった。奥の縁台に二人は向かった。

「いつもの」

小太りが頼む。

三人は縁台であぐらをかいた。

すぐに亭主が茶碗酒を運んできた。肴《さかな》は枝豆《えだまめ》である。枝豆は、江戸では、「はじき豆」とも呼ばれている。さやを押すとぴゅんとはじき飛ぶからだ。茶碗は粗末な瀬戸物《せともの》で、縁《ふち》が欠けていた。

「まずは、一献《いっこん》、飲みますか」

背の高い方は、工藤仙太郎《くどうせんたろう》、小太りは武部小平太《たけべこへいた》だと名乗った。どちらも、古田と

同じく藩主定正の馬廻り役である。

「まずは、先だっての御無礼をお詫び申し上げる」

工藤が頭を下げると武部もそれに倣った。

「もう済んだことです。それより、貴殿《きでん》らの用向きは古田殿、毒殺でござりますな」

平九郎が問いかけると、

「さようでござる」

武部は声を潜《ひそ》めた。

酒場内は雑談に興《きょう》じる者ばかりとあって、賑やかで活気があった。誰も、こちらに注意を向ける者などいない。

「先ほど、林田殿より、古田殿に対し、恨みのある奉公人が怪しい、と伺いました」

平九郎が言うと、

「林田殿はそのように睨《にら》んでおりますな」

工藤が言うと、武部は不満そうに息を吐いた。

「何か」

平九郎は訝《いぶか》しんだ。

「古田に恨みを抱く奉公人は、珍しくはないのでござる」

武部が言い、

「椿殿もご存じのように、古田は酒癖の悪い男、悪酔いして理不尽な振る舞いをするのはしょっちゅうでした」

苦笑混じりに工藤は言う。

「すると、件《くだん》の奉公人以外にも古田殿に恨みを抱く者は珍しくはなく、粥を運んだ者もそのうちの一人であったということですな」

平九郎の問いかけに、

「いかにも」

工藤が答え、武部もそうだと肯定した。

「下手人は古田殿が切腹するのを承知で毒を盛りました。死ぬ直前の者を何故殺す必要があったのでしょうな」

「椿殿の疑問はもっともですな。わしも武部もその点が気になりました」

「腹を割りますが、わたしは貴殿らを疑いました」

平九郎が言うと武部は苦笑して返した。

「我らが仲間割れでも起こしたのか、と疑っておられたのか」

「その通りです。仲違《なかたが》いをし、伯耆守さまの面前で語られたくはない事があり、切腹の場に出る前に口を塞《ふさ》いだのではないか、と疑ったのです」

平九郎の考えに、

「断じてそのようなことはござらん」

工藤はきっぱりと否定し、

「刀にかけ、嘘偽りは申さぬ」

顔を真っ赤に言い立てた武部の顔面は汗にまみれていた。

「申し訳ござらぬ」

疑ったことを平九郎は詫びた。

「いや、思えば、椿殿がそのように疑われるのも無理からぬこと。我ら、とかく家中での評判が悪いので、身から出た錆《さび》、とはこのことですな」

工藤は武部に笑いかけた。

武部はばつが悪そうに苦笑する。

「それでは、下手人探しは振り出しに戻りましたな」

平九郎の言葉に二人とも深くうなずく。

「古田殿殺しの下手人の見当はついておりますか」

平九郎が問いかける。

「確信があるわけではないが……」

工藤はちらっと武部を見た。

武部がうなずき、

「林田右近……」

と、呟いた。

「まさか」

平九郎は一笑《いっしょう》に伏そうとしたが、工藤と武部の真剣な表情を見ていると、口をつぐみ、詳しい話を聞かせてくれるよう目で訴えかけた。

工藤が続けた。

「林田殿はかねてより、古田をはじめとする我らを君側《くんそく》の奸《かん》だと白眼視しておりました。我らの行状は清瀬家の体面を傷つけるものであり、その存在を取り除かねばならない、とお考えのようでした」

「それなら、林田殿は古田殿の罪を弾劾《だんがい》し、伯耆守さまより切腹の沙汰が下った段階で、目的は達したのではござりませぬか。しかも、伯耆守さまより、林田殿が介錯を命じられたのですぞ」

平九郎が反論すると、

「相違ございませぬな」

工藤は認めたものの、納得がいかないようだ。

「武部殿はいかに思われる」

平九郎に矛先《ほこさき》を向けられた武部は、

「おっしゃる通りなのですが、それでも、拙者、林田殿を信用できぬのです」

「それはいかなるわけで」

「あの方、腹の内が読めぬというか、表と裏があるような」

武部は曖昧で申し訳ござらぬ、と言い添えた。

「林田殿が古田殿を殺す理由に心当たりはござりますか」

改めて平九郎が疑問を投げかけた。

「林田殿が古田を疎《うと》ましく思っておったことは確かなのですが……」

工藤は首を傾げる。

平九郎は思い出した。

古田は新知行地で不正を行っている、と。庄屋たちから賂を受け取り、賂によって年貢の取り立てに匙加減を加えている、と。

「古田殿は、当家との間で訴訟沙汰となっております、出羽国羽後平鹿郡の君塚村につきまして、何か関わっておられるのですか」

平九郎が問いかけると、

「君塚村……」

工藤は首を捻ったが、

「そう言えば、君塚村がどうのこうのと古田は申しておった」

武部は心当たりがあるようだ。

「どんなことですか」

「はっきりとは申しませんでしたが、何かを探っておるような……」

武部は思案を巡らすように虚空《こくう》を見つめた。

工藤も記憶の糸を手繰《たぐ》り寄せている。

「様子はどんな具合でしたか。憤っておったのか、楽しそうであったのか……」

平九郎は問を重ねる。

「そうですな」

武部はよく思い出してから、

「怒り、そして楽しそうに笑ったり、また怒ったり……」

「なんだ、それは」

工藤が失笑を漏らした。

平九郎も首を捻る。

「それが、拙者もおかしくなり、古田に訊いたのですが、その時は具体的には何も話してはくれませんでした。ただ、君塚村には大層興味を抱いておったようです」

武部は続けた。

「何だろうな」

工藤も真剣に考え始めた。

「何か不正が起きているのでは……」

平九郎が訊くと、

「待ってくだされ」

武部は悩み始めた。

平九郎は手で枝豆を取ると口に含み、さやを押した。豆がはじけ飛んで咽喉に直撃した。

三

その頃、佐川権十郎は紋次郎が世話になっていた大工の棟梁を訪ねていた。神田鍛《か》治町《じちょう》の普請場である。料理屋を建てる普請仕事が一区切りつき、一服《いっぷく》しているところだ。

棟梁は政五郎《まさごろう》という中年の浅黒い顔をした男であった。半纏《はんてん》、腹掛けが似合い、てきぱきと指図をする様《さま》は腕の良い大工を思わせる。

「こりゃ、お旗本の殿さまが、紋次郎の一件をほじくり返そうってんですかい」

政五郎は首を傾げ、それでいて興味を抱いたようだ。

「ああ、ちょっとな」

佐川は言葉を濁した。

「どういうご了見《りょうけん》なんですかね」

政五郎は不審そうに首を傾げる。

「おれはな、暇な上に物好きときているんだ。だから、ま、ちょっとした興味で付き合ってくんな」

言い訳をするように佐川は早口で捲《まく》し立てた。

「わかりました。あっしのわかっていることでしたら、お話し致しますよ」

政五郎は承知した。

「なら、訊くが、紋次郎は真人間になるっておまえに誓ったそうだな」

佐川の問いかけに、

「そう言ってましたよ。あいつ、かかあに迷惑かけっぱなしでしたからね、ここらで、気持ちを入れ替えて仕事をしないと、いけねえって、そらもう張り切ってましたがね」

残念なことをしたと政五郎は言った。

「なら、心を入れ替えてからはきっちりと大工の仕事をやっていたんだな」

「まあ、その、なんですよ。仲間内からは生まれ変わったんじゃねえかって、言われるくらいに真面目に働いていたんでさあ」

「紋次郎が斬られた日だが、仕事はあったんだろう」

「ありましたよ」

「何処だ」

「ここですよ」

建てたばかりの柱を誇らしげに撫でながら政五郎は答えた。しかも、紋次郎は断りもなく休んだんだろう」

「普請場は馬喰町近くじゃなかったってことだな。しかも、紋次郎は断りもなく休んだんだろう」

佐川も柱を手で叩いた。

節《ふし》のない滑らかな木肌は、大工として政五郎の矜持《きょうじ》のようだ。

「そう、休んだんですよ、あの馬鹿。仕事に出たくなかったら、かかあに風邪をひいたとでも言付けさせりゃあよかったのに……」

苦々《にがにが》しそうに政五郎は唇を噛んだ。

期待を裏切られた腹立ちと腕の良い大工を失った悲しみが入り混じっているようだ。

「断りもなくってのは、頂けねえな。せっかく立ち直って真面目に働いていたっていうのにな……」

佐川も同調した。

「そうなんですよ」

政五郎は小さくため息を吐《つ》いた。

「一日でも休んだり、遅刻したりしたら、首だって約束させたんだろう。紋次郎は、どうして無断で休んだんだろうな」

「わかりませんね。怠け癖がぶり返したのか、飲み過ぎて二日酔いになったのか、その日一日、仕事を休んで飲んだくれたくなったのか……まあ、そんなところだろうって思っていたんですがね」

政五郎は紋次郎に裏切られ、残念で仕方がなく仕事に身が入らなかったそうだ。

「ところが、紋次郎は大内家の秋月慶五郎に因縁をふっかけた時、酒は入っておらず、まったくの素面《しらふ》だったそうだぜ」

佐川が教えると、

「ええっ……そいつは本当ですかい」

意外そうに政五郎は目をしばたたいた。

佐川は首を縦に振る。

「意外そうだな」

「ええ、まあ……」

「どうしてだ」

「紋次郎の奴、酒が入ると威勢がよくなるんですがね、普段は大人しいっていいますかね、無口な野郎なんです。小心者《しょうしんもの》ですからね、酒を飲むと余計に気が大きくなるんですよ。ですからね、あいつがお侍相手にいさかいを起こしたって聞いた時、てっきり、いつもの悪酔いの挙句だって思ったんです。だから、お粂さんには気の毒だが、自業自得《じごうじとく》だって思ったのが、正直なところでしたよ。紋次郎の奴、酒が仇《あだ》になったって」

意外そうに政五郎は繰り返した。

「そんな紋次郎が、素面で侍に因縁をふっかけ、挙句に斬られたっていうのは妙だな」

「妙っていいますか、信じられませんや。あいつはね、悪酔いして誰彼かまわず喧嘩をふっかけるんですけどね、相手に威勢よく出られると、途端に酔いが醒めてへなへなって腰砕けになるのが常だったんです。それが、お侍相手に酒を引っかけないで、言いがかりをつけるなんて、あっしゃ、信じられませんや」

政五郎は繰り返した。

「おまえどう思う」

改めて佐川は問いかけた。

「どうっていいますと」

「無礼討ちになったことをどう考えるのだ」

「無礼討ちされたんじゃなくて、紋次郎は何もしてないのに、お侍の虫の居所が悪くて、理不尽に斬られたんじゃないんですか」

「それも解せないんだ。斬った秋月慶五郎という男、おれも知っているんだがな、理不尽に人を殺めるような男じゃねえんだ。それに、斬られる前に紋次郎が茶店で秋月に因縁をふっかけたのは確かなんだ」

佐川の話を聞き、

「こいつはまたも妙だ」

政五郎は考え込んだ。

「しかも、仕事を休んで、用もないのに馬喰町まで出かけて、秋月に絡《から》んだ。何かきっと深い事情があったんだって思うんだけどな、心当たりがねえかい」

改めての佐川の問いかけに、政五郎も真面目に考え始めた。紋次郎の死が伝え聞くものとは違うのだとわかったようだ。

政五郎は煙管《きせる》に火をつけ、一服喫《きっ》した。

「たとえば、銭に不自由してはおらなかったか」

佐川が訊くと、

「そりゃ、年中ぴいぴい言ってましたがね。何しろ、真人間になるって誓うまでは、飲んだくれて借金をこさえていたんですから」

それもそうである。

急に銭が必要になったのではない。博打《ばくち》好きだったのではないか。それで、大工の手間賃を賭場で使い果たし、借金をこさえたのではないか。

「賭場《とば》はどうだ。博打はやっていたようですがね、それよりはあいつは酒でしたね。何しろ気が小さな男でしたから銭を張るってことができなかったんですよ」

政五郎はきっぱりと否定した。

「ならば、博打以外の何かで首が回らなくなって、その借金を何とかしようと、何者かに銭で雇われたということは考えらねえかな」

「ほんと、佐川さまに言われるまでは、気が付きませんでしたよ。ちょっと、待ってくださいよ」

政五郎はとぐろを巻いている大工たちに、紋次郎の暮らしぶりを尋ねた。みな、口を揃えて、真人間になって薄気味悪い程だと答えた。中には、これは今に悪いことが起きるんじゃないかと噂し合っていたそうだ。

「そんだけ、真面目に仕事をやっていたっていうのは、どうしてだろうな。いや、そりゃ、女房に尻を叩かれ、自分の暮らしぶりを悔《く》いたということもあるのだろう。だけど、それだけかな。人ってものはな、そうそう変われるもんじゃねえさ。毎日、飲んだくれていた奴が今日から一滴も飲みませんって、そんな気持ちになったとしても、舌が身体が言うことを聞いてくれないもんだ。なあ、政五郎、そうじゃねえか」

佐川の言葉に、

「もっともですぜ」

政五郎も賛同した。

「じゃあ、何だろうな」

佐川は大工仲間を見回した。みな、首を捻ったが、その中で一人が、

「あいつ、仕事の合間に御札《おふだ》を見ていましたぜ」

と、言った。

すると別の男も、

「そうだ、熱心に御札を見て拝んでいたよ」

と、言い添えた。

「どんな御札だ」

佐川も興味を抱いた。

「ええっと」

仲間は首を捻った。

ひとまず、それは置き、

「他に何か気づいたことはないか」

佐川が問いかけると、

「おまえら、よく思い出してみろ」

政五郎も声をかける。

すると一人が、

「あいつ、弁当と一緒に飲んでいたのは水だったよな」

「ああ、そうだよ。お茶も冷たい麦湯も飲まないで、持参の竹筒《たけづつ》の水を飲んでいましたよ」

二人がうなずき合うと、

「その竹筒の中には酒が入っていたのではないのか」

佐川が確かめると、

「いいえ、酒じゃありませんでした。酒だったら、臭いますしね、鋸《のこぎり》の手元を間違えてしまうし、釘もろくに打てませんよ」

「そりゃそうだな」

佐川も納得した。

「その水、何かあったのか」

政五郎も気になったようだ。

「いや、なんでもねえ水でしたよ」

一人が答えると、

「なんだ、どうしてわかるんだ」

政五郎に問い返され、

「一度、こっそり一口だけ飲んでみたんですよ。特別に甘いのか、美味いのかって。そうしたら、なんてこともない水だったんで、がっかりしたんでさあ」

男は言った。

「ただの水をありがたがって飲んでいたのか」

佐川も首を捻った。

「そういうこってすよ」

「水を……悪くはねえが、水に拘ることなんざなかったのにな」

政五郎も変だと疑問に感じ、わからない、とぶつぶつ呟いた。

「ありがたい水ってことなんだろう」

佐川は思案を巡らした。

「そうですよ、あいつ、拝んでたことがありましたもの」

「水を拝んでいたのか」

佐川が笑うと、

「こんな具合にですよ」

竹筒を両手で持って男は拝んだ。

「聞いたことはねえな。紋次郎の奴、何を考えていやがったんだ。もっとも、鰯《いわし》の頭も信心からって言うからな。水を拝むってのもあいつの信心なのかもしれないな」

政五郎の推察を、

「水を拝むという信心をしていたのか」

佐川は訝しんだ。

「こりゃ、あれじゃないですか。金峰水神さまですよ」

仲間が言った。

「そうだよ、金峰水神社だ」

政五郎も声を大きくした。

「金峰水神社な……こいつは面白くなってきたかもしれねえぜ」

佐川は両手をこすり合わせた。

「紋次郎の奴、金峰水神さまを信心して、人が変わったのか。そりゃ、ありがてえ神さまじゃねえか。おれたちも、拝みに行くか」

政五郎はみなを誘ったが、

「でも、棟梁、酒を断つっていうのが条件じゃないでしょうかね」

と、言われると、

「そりゃ、困るな」

たちまち政五郎は参拝《さんぱい》をやめた。

「おれは、行ってみるぜ」

佐川は神妙な顔で柏手《かしわで》を打った。

「紋次郎の奴、水神さまに守られているから、お侍に因縁をつけたんですかね」

金峰水神と秋月に絡んだことの関連は何かありそうだ。

「金峰水神さまにすがって、それで自分が強くなったって思ったのかもしれませんぜ。そんで、お侍にも負けやしないって、そんな思い上がってしまったって……いや、そんなことはありませんやね」

自分で推察しながら政五郎は否定した。

「いずれにしても、紋次郎は金峰水神に相当な影響を受けたようだ。深く信心するまでになったのは間違いないだろう」

佐川の言葉に異論を差し挟む者はいない。

「ということは、紋次郎が秋月ってお侍さまに絡んだのは金峰水神さまのお告げでもあったんですかね」

政五郎も冗談ではすまされない気分に陥《おちい》ったようだ。

「そうかもしれぬな」

いい話を聞かせてくれた、と佐川は一分金《いちぶきん》を置いて政五郎の普請場を後にした。

四

その足で佐川は金峰水神へとやって来た。

境内では大勢の巫女が神楽を奏し、賑わいを見せている。境内の隅では、御札が売られ、そこに大勢の人々が群がっている。また、御札とは別に境内の隅には人々の行列が出来ていた。

何事かと眺めると、人々は岩から湧き出る水を汲んでいるのだった。

「この水、ただなのかい」

佐川は気さくな調子で尋ねた。すると、ただだという。

「ありがたい、お水なんだろうな」

誰に訊くともなしに尋ねたのだが、

「御利益《ごりやく》がありますよ」

「目が見えるようになるそうです」

「すっかり、丈夫になりました」

「酒を絶てましたよ」

などという効能が感謝の言葉と共に語られた。金峰水神のご利益に人々は魅了されているのだ。

「わざわざ、水を汲みに来るのか」

「そうですよ」

男は首を縦に振った。

詳しく聞くと、水を汲みに来るのは、月のうち、五、十日だそうだ。ただ、水に効能を持たせるための御札を売っており、それを水に翳《かざ》すことで、金峰水神の効能を得ることができる。

耳を疑うような話であるが、水のご利益を得た、という者が続々と現れているのだそうだ。

佐川は紋次郎について知っている者はいないか、確かめた。

直接知る者はいなかったが、身を持ち崩した者の相談に乗る所があるのだそうだ。社務所であるという。

佐川は社務所を訪れることにした。

社務所は施業《しぎょう》も行っていた。

困った者に金を貸し、そればかりか、手に職をつける指導もしている。石川島《いしかわじま》の人足寄《にんそくよ》せ場《ば》のような役割を果たしているようだ。

金は一人一両までなら、無利子、無期限の催促なし、で貸している。

佐川は社務所の様子を見た。

すると、禰宜の綾女が座敷で人々に話をしていた。誰でも出入り自由とあって、佐川も座敷の隅で話を聞いた。

「命の源《みなもと》は水です。清き水と共に暮らすと、心の清らかさを造るのです。清き心の者は邪《よこしま》な心の持ち主に打ち勝つことができます」

もっともらしい口調で綾女はとうとうと述べ立てた。

それを人々は目に涙を浮かべて聞き入っている。中には柏手《かしわで》を打って拝んでいる者もあった。

紋次郎もそうした人間の一人であったのだろう。座敷を見渡すと、男も女も若者も年寄りも分け隔てなく、入り混じって座っている。広間の隣では様々な習い事が催されていた。習字、算盤《そろばん》、読み書きなどの手習いもあれば、大工、彫刻、左官などの職人仕事も指導されている。

読み書きができ、手に職が身につくような場になっているのだ。

ど派手な着物が気になったのか、侍ということで目立ったのか綾女が佐川の近くにやって来た。

「今日は、いかがされましたか」

綾女はにこやかに問いかけてきた。

「特にどうということはないんだがな、ここの水はいたく御利益があると聞いたんだ。どんなものかと、手水で手を洗ったり、咽喉を潤したりしたって寸法さ」

佐川は取り繕った。

綾女は微笑みながら、

「いかがでございましたか」

「うむ、何となく気分がよくなり、身体が楽になったようだよ」

伸びをし、佐川は話を合わせた。

それはようございました、と綾女は言ってから、

「まことでございますか」

と、悪戯《いたずら》っぽい笑いを浮かべた。

「いや、まこと……」

佐川は戸惑った。

綾女から水の効能を疑うかのような言葉を伝えられるとは思ってもいなかったからだ。

「水そのものは特に力を持っておるわけではございませぬ」

綾女は言い添えた。

「しかし、御利益があった、と喜んでおる者が大勢いるじゃないか。病が治ったり、酒をやめられたり、すさんだ暮らしから立ち直った者もおるようだ」

境内に群れる人々を佐川は見やった。

「それも真実でございます。信心ゆえのことでございます」

「信心により、身体がよくなったりするものか」

「そうです。水というのは、人の命にはなくてはならぬものです。水がなければ、米や麦も生まれませぬ。水を信じ、水により助けられ、水のために尽くす、それが人のあるべき姿、水を信じることができれば、その者は強うございます」

綾女の言葉は酔いしれる程に心地よい。

「どうしようもない飲んだくれの大工、その者はこの神社に信心して、この神社の水を飲むようになって、すっかり真人間になった、と仲間も驚いておるそうだ」

暗に紋次郎を話題にすると、

「紋次郎さんですね」

綾女は顔を曇らせた。

斬り殺されたことを知っているようだ。

「存じておるのだな」

「はい。とても、残念でございます。紋次郎さんはこの神社に通うようになり、見違えるようになってくださいました」

「きっかけは何だったのだろうな」

「それは、人々から頼られたことだと思います」

意外なことを綾女は言った。

「紋次郎が頼られたとは……」

　飲んだくれ男が頼られるとはどういうことだろう。

「大工仕事です」

「紋次郎はこの社で大工仕事をしたのか」

「紋次郎さんは、雨漏《あまも》りを直してくださいました。その後、大工の仕事を身につけたい者に教えてくださったのです」

　なるほど、ここで行っている職を身につけさせる事業に、紋次郎は大工仕事で貢献していたのだ。

「それは、丁寧に、わかりやすく、しかも、親切で熱心に紋次郎さんは教えてくださいました。それで、大勢の者が大工になろうとしていたのです」

　紋次郎は飲んだくれて鈍《にぶ》った腕をここで、人に教えることで、磨き直したということのようだ。

「酒も絶ったようだな」

　佐川が確かめると、

「金峰水神社の水を飲むようになり、酒を飲まなくてもよくなった、とおっしゃっていましたよ」

綾女は答えた。

紋次郎は金峰水神ですっかり更生したのだ。

「紋次郎はどうしてこの神社で信心をしたのだろう。信心とは無縁の男のように思えるのだが」

佐川の疑問に、

「きっかけは、盗み酒だったのですよ」

綾女はくすりと笑い、これは不謹慎でした、と手で口を覆《おお》った。

ある日、紋次郎は飲んだくれた挙句に夫婦喧嘩をして家を飛び出し、この神社にやって来た。夜更けのことで、境内に人気《ひとけ》がないことを幸い、紋次郎は供え物の御神酒《おみき》を飲んでしまった。

「そいつは罰当《ばちあ》たりだな」

思わず、佐川も笑ってしまった。

紋次郎は社務所の男たちに捕まった。散々に説教され、酔いが醒めると罰当たりなことをしたと、深く悔いた。

綾女が何をやっているのか確かめると大工だという。

「それで、社務所の屋根の雨漏りを直してもらうことで、償《つぐな》って頂いたのです」

紋次郎は綾女に深い感謝の念を抱いた。

「それだけか……それで飲んだくれが立ち直るものだろうかな」

佐川は疑問を投げかけた。

「ええ、そうですね……」

綾女は思わせぶりな笑みを浮かべた。

「何かほかに理由があったのだろう」

「実は、紋次郎さんは大変に酒癖が悪くいらして、御神酒を盗んだ際、境内であるお武家さまといさかいを起こされたのです。人気のない境内であったのですが、そのお侍は社務所におられ、藩邸にお帰りになるところでした。間《ま》が悪いことに紋次郎さんは、そのお侍に見つかってしまったのです」

酔った紋次郎は侍といさかいを起こした。あやうく紋次郎は斬られるところだった。

「相手の侍は……差支えなければ、教えてくれぬか」

「榛名藩清瀬さまの御家中の方でした」

と、答えてからこの神社の総本社は榛名藩領内にあるから清瀬家中の家臣たちが援助をしてくれ、尚且《なおか》つ参拝にも訪れている、と綾女は言い添えた。

「それで……」

「わたくしが間に入って許してもらいました」

放っておけば首を刎《は》ねられそうになったところを、綾女の仲裁《ちゅうさい》により紋次郎は命拾いをした。このことに、紋次郎は深く感謝したのだった。

それで、紋次郎は水神社のために役立ちたいと申し出た。

「わたくしは、大工仕事を教えることを頼みました。合わせて、お酒を絶ち、大工さんに戻るよう勧めました」

紋次郎はこれまでの暮らしを悔い、それから、神社で酒を絶つために願《がん》をかけ、酒を絶つことを誓い、そのために水を飲んだという。その効能があってか、紋次郎は酒を絶つことができ、更生したのであった。

紋次郎は金峰水神社の御札を持ち歩き、竹筒の水を水神の水と思って飲むようになったのだった。

「その紋次郎がまたしても侍といさかいを起こした、しかも、今度は素面の状態だった。それは、どうしてだろうな」

新たな佐川の疑問に、

「本当に残念なことになってしまいました」

綾女は答えをはぐらかした。

「どうしてそんな無茶なことをしたのだろうな」

「そうですね……」

綾女は心当たりを探しているようだ。

「あの日、この神社に紋次郎はやって来たのであろう」

佐川が問いかけると、

「紋次郎さんは参拝に訪れました」

綾女は認めた。

「その時何があったのだろう」

改めて佐川は綾女に問いかけた。

「あの……誤解をなさらないように願いたいのですが」

綾女は慎重な物言いをした。

「いいから、話してくれ」

佐川は問いを重ねる。

「紋次郎さんは、いさかいを起こした榛名藩のご家来と出くわしてしまったのです」

「榛名藩の何と言う男だ」

「古田繁太郎さまとおっしゃいます」

綾女は答えた。

またも古田繁太郎だ。

古田という男、よほどに問題を起こす……。

紋次郎は古田と会った。紋次郎は知らぬ顔で通り過ぎようとしたのだが、古田が紋次郎に気づき、以前のいさかいを蒸し返した。

「紋次郎さんは古田さまから罵詈雑言を浴びせられましたが、じっと歯を食《く》い縛《しば》って、我慢なさいました」

紋次郎に同情を寄せるように綾女は眉間《みけん》に皺《しわ》を刻んだ。

それでも、紋次郎は深い屈辱を受けて、神社を後にしたのだそうだ。

「相当に鬱憤《うっぷん》が溜まったのだろうな」

佐川は顎を掻いた。

「本当にお気の毒でした」

綾女は繰り返した。

紋次郎は古田への鬱憤で侍への嫌悪の念を募《つの》らせていたのではないか。

「その古田も切腹を前に殺された……」

佐川が報《しら》せると、

「清瀬家中の方からお聞きしました。まこと、恐ろしいことでございます」

綾女は肩をすくめた。

「古田という御仁、いかにも気性の荒い男のようですな」

「決して悪い方ではございませんでした。むしろ、一本気な気性の竹を割ったようなお人柄であったのです。その一本気さが時としまして、ご自分のお考えに固執することにもなりました。こうと決めたことは変えず、ご自分が正しいと信じたことは微塵《みじん》も疑いませんでした」

「そんな古田ゆえ、金峰水神社を穢す者は絶対に許さないのだな。それにしても、紋次郎がいくら御神酒を盗んだとはいえ、許されてこの神社に役立っているのに、蒸し返しまでして、乱暴するとは、いくら一本気の古田でもするものだろうか。それは、一本気ではなく、単なる乱暴者の所業だ……違いますか」

とうとうと捲《まく》し立ててから佐川は綾女に古田が紋次郎をいたぶった答えを求めたが、綾女は、

「ほんと、紋次郎さんはお気の毒でした」

と、はぐらかすばかりで応えようとはしなかった。

第四章　無礼の黒幕

一

文月十六日の昼下がり、盛清の呼びかけで平九郎と矢代清蔵、大内家藩主山城守盛義が向島《むこうじま》にある大内家下屋敷に集まった。

大名の隠居または世子《せいし》は中屋敷に住まいするのだが、盛清は下屋敷の気軽さを好み、年の大半を下屋敷で過ごしている。

上屋敷のような、いかめしい門構えではない。一万坪の敷地は広々とし、別荘のような雰囲気が漂っている。国許の里山《さとやま》をそのまま移したような一角があるかと思えば、数寄屋《すきや》造りの茶室、枯山水《かれさんすい》の庭、能舞台、相撲の土俵、様々な青物が栽培されている畑もあった。畑は近在の農民が野良仕事に雇われ、気が向くと盛清も鍬《くわ》や鋤《すき》を振るうそうだ。

　また、今はほとんど使われなくなった窯場《かまば》があった。盛清が陶器《とうき》造りに凝《こ》っていた頃には盛んに煙が立ち上《のぼ》っていたのだが、やがて陶器造りに飽きて、放置されている。

　平九郎たちは御殿の奥座敷で会合した。

　あいにく、朝から雨がそぼ降っている。この雨が厳しい残暑を和《やわ》らげてくれれば、と平九郎は期待した。

　御殿、奥書院で盛清は絵を眺めていた。国許、宮根村と川田村の風景を盛清自身が描いた絵である。

　機嫌が好《よ》いと平九郎は安堵し、

「これはまた見事な絵筆でございますな」

　と、文机に置かれた筆箱を見やった。

　象牙《ぞうげ》の筆管《ひっかん》に穂は鼬《いたち》の毛だそうで、ふさふさと艶めいている。いかにも値の張りそうな筆が五本並んでいた。目下《もっか》、絵に凝っている盛清は道具選びにも余念がないようだ。

　ところが、盛清は突如として機嫌を悪くした。目が三角になり、頬を紅潮させて平九郎を睨む。

「この筆はな、清瀬殿より贈られたのじゃ。清瀬殿はわしが絵師顔負けの絵を描くこと、ご存じじゃった。さすがは公儀側用人、気遣いに長《た》けておられる。それに比べて、清正！」

何故、自分が叱責されなければならないのか、平九郎は戸惑った。返答できない平九郎に、

「おまえ、伯耆守殿が下戸だと申したな」

と、剣呑《けんのん》な顔を向けた。

盛清が宮根盛を贈ったが、清瀬伯耆守定正は酒が飲めないゆえ、舐めるくらいしかできない、と平九郎に言った。

「伯耆守殿はな、下戸どころか酒豪じゃ。とんまの報告じゃから間違いない」

とんまとは藤間源四郎《とうまげんしろう》、大内家の隠密である。器用な男で、大工、左官、飾り職人、庭師、料理人等々、時々の探索に応じて変幻自在《へんげんじざい》に成りすまし、探索相手の巣窟《そうくつ》に潜《もぐ》り込む。とんまどころか腕利きの隠密なのだが、盛清特有の口の悪さと藤間への信頼の裏返しで盛清はとんまと呼んでいる。

盛清は藤間を榛名藩邸に潜入させているようだ。

「藤間殿、榛名藩邸に潜り込んでおるのですか」

平九郎の問いかけに、

「刀の砥《と》ぎをやっておる」

盛清は答え、矢代を見た。矢代から説明させようというのだろう。

矢代はいつもの無表情で語り出した。

「伯耆守さまは刀剣には目がない。自ら鍛え、砥ぐ程の熱の入れようだ。そこで、藤間は出入りの刀屋に取り入って砥ぎを請け負うようになった」

定正は自分で砥ぐくらいだから、砥ぎ師にも大変に厳しいそうだ。出来が悪いと叱責されるから、研ぎたがる者が不足しているため、藤間は歓迎された。持前《もちまえ》の器用さで藤間は定正の所持する刀を砥ぎ、定正に気に入られるようになった。以来、定正の求めに応じて、刀を砥いでいるそうだ。

「伯耆守殿はとんまが刀を砥ぐ間、側でじっと見ているそうじゃ。それだけ、刀が好きなのじゃな」

砥ぎ終わった刀を満足そうに眺めていると定正は饒舌《じょうぜつ》になる。刀剣に関する話が主だが、世間話や噂話、その他雑談に及ぶ。その中で定正が実は酒を好むのがわかったそうだ。

「清正はまんまと欺《あざむ》かれたのじゃ」

盛清は平九郎を嘲笑した。

下戸と偽られたことがそんなにも責められることなのか、と平九郎は疑問に思ったが逆らわず、すまなさそうにうつむいた。

「伯耆守殿とのやり取りの中で、藤間が面白いことを耳にしたのだ」

矢代が言った。

平九郎は面を上げた。矢代は続ける。

「清瀬家中では、伯耆守殿より刀を与えられることは、この上ない誉《ほまれ》であり、出世の証だそうだ。古田繁太郎も刀を下賜されておったそうだ」

「なるほど、ご自分が見込んだだけに、古田の失態を伯耆守さまは許せなかったのかもしれませぬな」

平九郎が言うと、

「可愛さ余って憎さ百倍、ということじゃろうて」

盛清は何度もうなずいた。

平九郎はふと、

「もちろん、林田殿にも下賜されたのでしょうね」

「当たり前じゃ」

わかり切ったことを訊くな、と盛清は顔を歪めた。数枚の絵を畳に並べ、村の様子に想像を巡らせているかのようだ。

「まこと、長閑《のどか》でな。夏には蟬時雨《せみしぐれ》が覆い、秋には爽《さわ》やかな風が吹いて黄金色の稲穂が揺れ、冬は白雪に閉ざされ、春を待つ。特に水の清らかなこと、この上ない」

目を細め、盛清は感慨深く語った。

誰も声をかけられず、盛清が本題に入るのを待ち構えている。盛清の目元が徐々にきつく凝らされていった。

「林田右近の申し出、断れ」

不意に盛清は命じた。

盛義は矢代を見る。

矢代は無表情で見返す。盛清は平九郎に、

「清正、直ちに断りにまいれ」

と、命じた。

「承知しました！」

勢い良い返事で平九郎はまず答えた。即答しなければ、盛清が苛立《いらだ》つばかりだ。

盛清はうなずいた。

平九郎は一呼吸置いてから、

「ただ今、林田及び清瀬家の狙いを探っております。真の狙いは何処にあるのか、それを摑んだ上で断りに行った方がよろしいと思います」

平九郎が言い添えると、

「清正にしては至極《しごく》もっともなことを申すではないか」

盛清は鼻で笑った。

ここで盛義が、

「一見して好条件を提示してきましたのは、何か魂胆《こんたん》あってのことに違いありませぬ」

と、意見を差し挟んだ。

「殿もまともじゃのう。のう、のっぺらぼう」

盛清は矢代に声をかけた。

「椿の申す通りと存じます。林田殿の申し出を蹴るのはいつでもできますので」

矢代の答えにも盛清は面白くないと答えた。

次いで盛清は顔を歪ませ、

「わしが言いたいのは、水争いを利で判断するな、ということじゃ」

と、絵を指差した。

宮根村と川田村の暮らしや自然を利だけで売り渡してはならない、と言いたいようだ。

「大殿のご懸念には及びませぬ」

平九郎は語調を強めて言った。

「清正、気合いだけでは事は落着せぬぞ」

盛清が危ぶむと、

「そこは抜かりありませぬ」

「ほほう、面白いのう」

盛清はにやりとした。

「ついては、大殿に呼ばれたのをきっかけに、佐川殿にも探索の御手助けをお願いしておりますので、来て頂く予定です」

平九郎が言うと、

「気楽が何を持ってくるかじゃな」

言葉は悪いが盛清は期待を寄せているようだ。

すると、噂をすれば影、佐川権十郎がやって来た。今日も派手な小袖を着流した、お気楽な格好である。

「相変わらずじゃのう」

盛清は失笑を漏らした。

「いやいや、もっと、歓迎してくだされ」

佐川は扇子を開き、ひらひらと振った。

盛義は口を半開きにし、ぼうっとしている。それを見て盛清は苦い顔をした。

佐川は一呼吸置いてから、

「まずは、秋月殿の無礼討ちについてですがな」

と、切り出した。

「おお、それもあったな」

今、思い出したように盛清は目をぱちくりとさせた。

平九郎は佐川に向いた。

佐川は軽くうなずき、

「秋月殿は狙われておったのですよ」

「無礼討ち相手の大工にか」

盛清が問い直す。

佐川は扇子をひらひらと振って、

「古田繁太郎に狙われておったのでござる」

すると盛清は、古田とは誰だったかな、と首を傾げる。平九郎が浅草の料理茶屋花膳、金峰水神社における古田とのいさかいをかいつまんで話した。

「おお、そうじゃったな……して、気楽、古田が大工をけしかけたというのじゃな」

けろっと盛清は認めた。

「相国殿、そう急《せ》かされますな。経緯ってものをちゃんと話しますぞ」

佐川は断りを入れてから、紋次郎が世話になっていた大工の棟梁、政五郎に会いに行った経緯を語った。紋次郎が榛名水神を深く信心していたこと、金峰水神社の禰宜、綾女に話を聞いたことまでをかいつまんで説明した。

「綾女は申しておりました。紋次郎は古田からひどい扱いを受けたこと、しかも二度も受けた、そうだ」

「古田、やはり乱暴者であったのじゃな」

盛清は呆れたように言った。

「それで、古田は紋次郎に秋月殿に絡むよう命じたのですか」

平九郎が訊いた。

答えてから、今のところ勘だがな、と佐川は言い添えた。

「今回の水争いについて、不利になる状況を作り出すためですか……しかし、それはどうしてでしょう。わたしに嫌がらせをし、あわよくば命まで奪わんとした経緯がありましたが、その理由はわかるのです。わたしは、評定所で吟味される水争いで清瀬家中と真っ向対立する立場にあったのですから。しかし、紋次郎をけしかけて秋月殿に無礼討ちさせるというのは、どうも納得できません」

平九郎が疑問を呈すると、

「平さんの言う通りだ。おれもな、実はその辺のところがよくわからない。古田は金峰水神をそれはもう深く崇敬していたそうだ。大内家を嫌悪し、大内家の者なら誰でもいいから、嫌がらせをした、ということかもしれない、と考えてみたんだがな、どうも、それではしっくりこない。そこでだ、これは根拠不確かな飛躍なんだがな、ひょっとして、金峰水神社に関係しているんじゃないかって、そう思っているんだ」

佐川の推察に、

「実はそのことなのですが」

平九郎は矢代を流し見た。

「そのようだ」

矢代はうなずき、話すよう促した。

平九郎は語った。

「今後は金峰水神の総本社にて、雨乞《あまご》いを行うそうなのです」

水は農作業の命、一番恐いのは旱魃である。雨乞いは農村にとって重要な儀式であった。

「併《あわ》せて、金峰水神総本社の境内にある水車小屋の使用は、水神社の許可が必要だという通達《つうたつ》が宮根村を始めとする村々に来たそうです」

「つまり、清瀬家は金峰水神総本社によって、金峰川を取水口とする村々を支配しようというのだな」

佐川が言った。

「秋月はこの春に宮根村を視察しております。その時、金峰水神社の総本社にも立ち寄っておるのです」

「その時、秋月は何か、金峰水神社や清瀬家に不都合なことを見たのではないのか。あ、いや、これは、おれの勘繰りだがな」

佐川の推察に、

「それに決まっとる」

盛清は飛びついた。

これに気を良くした佐川が、

「ということは、綾女も関わっているということになるが……それはどうであろうな。あれはいい女だものな」

大真面目に迷うと、

「容姿ではございませぬ」

平九郎がぴしゃりと文句をつけた。

佐川は一向に動ぜず、

「そりゃそうだがな、綾女という女性《にょしょう》を慕う者は多い。おれが言いたいのは、綾女が頼んだのではなく、綾女の気持ちを忖度《そんたく》して、動く者がおる、ということだ。そうした者の一人が古田であったのかもしれない。古田という男は、よく言えば一本気、はっきり申せば融通の利かない唐変木《とうへんぼく》だ」

佐川の言葉を受け、

「まさしく、古田は思い込んだら一途《いちず》に突き進む男だそうです。仲間が申しておりましたが、それはもう一途だと。それゆえ、自分が正しいと信じたことは、曲げなかったとか。金峰水神社におきましては、水神のご加護を自分は受けているとも信じていたそうです」

　平九郎は報告した。

「なるほど、うまい具合に繋がったじゃないか。古田は金峰水神社を秋月慶五郎が穢したと憎悪したんだろうよ。こりゃ、信心が関わっているだけに厄介なものだ。紋次郎はうまく使われたということだな」

　佐川が言うと盛清が、

「じゃがな、そんな直情《ちょくじょう》の男ならばじゃ、どうして、秋月を自分の手で斬らなかったのじゃ」

　と、疑問を呈した。

「父上の申されるのも一理《いちり》ある」

　盛義が口を挟んだ。

　平九郎が、

「刃傷沙汰になっては、まずいと自分を戒《いまし》めたのではないのでしょうか」

「じゃが、清正には刀にかけて勝負を挑んだのであろう」

　矛盾しておる、と盛清は納得しない。

「確かにそうだな」

佐川も賛同する。

旗色が悪くなった平九郎も言葉が浮かばない。

「剣の心得もない町人を秋月に絡ませて、どうするのだ」

盛清はどうにも納得できない様子だ。

二

「無礼討ちをさせようとしたんじゃなくって、秋月に刀を抜かせるつもりだったんじゃないか。抜いたところで、古田が紋次郎の助勢に駆けつける、という手筈《てはず》ではなかったのか。それが、何らかの不都合が生じて、その場に居合わせることができず、哀れ紋次郎は秋月の刀の錆となった……ってことだったんじゃ……」

佐川の考えに盛清は露骨《ろこつ》に顔をしかめて言った。

「それはあまりにも無理があるのではないか。秋月に刀を抜かせるために、紋次郎を使ったというのは……わしには得心がゆかぬ。あまりにも都合が良過ぎるぞ。秋月は嘘偽りのない、公明正大な様子で紋次郎を無礼討ちにしたのだ。くどいようじゃが、何度でも申すぞ。秋月には一点の曇りもない。罵詈雑言を浴びせられ、盛義から下賜された羽織に唾を吐きかけられ、それでも耐え忍び、卑怯者と呼び止められ、それでようやくのこと刀を抜いた。武士が刀を抜いたからには斬らねばならぬ……武士として秋月は当たり前のことをした……そこに何らの落ち度はない！」

激する盛清を宥められるのは佐川しかいない、と平九郎はちらりと視線を向ける。

佐川も心得たもので、

「相国殿、おれが間違っておった。いや、すまなかった。その辺で勘弁してくだされ」

頭を掻き掻き佐川は自説を引っ込めた。

盛清は息を調えようやくのこと落ち着くと、平九郎に矛先を向けた。

「清正、どうして証人が見つからぬのだ。ちゃんと捜しておるのか」

「捜しておりますが、未《いま》だ、見つかっておりませぬ」

平九郎は面を伏せた。

怒りの嵐が通り抜けるのを願ったが、

「どうして見つからぬのだ」

盛清は許してくれない。

「それは……」

平九郎は額に汗を滲ませた。

屋根を打つ雨音が盛清の苛立ちに合わせるかのように強くなる。佐川が間に入ろうとしたがそれよりも早く盛義が言葉を挟んだ。

「まあ、父上、平九郎も懸命に探しておるのですから……父上がいくらお怒りになったところで、証人は現れませぬ。平九郎を信頼し、任せるべきと存じますが……」

珍しく盛清に意見する盛義に盛清は口を半開きにした後、

「そうじゃな」

今度こそ癇癪《かんしゃく》を鎮《しず》めた。

ただし、それで平九郎への追及が終わったわけではなく、今度は至って冷静に質《ただ》した。

「ならば、どうして見つからぬ。白昼《はくちゅう》の往来じゃぞ、人の出入りがあったはずじゃ。

秋月も申しておったのだろう。遠巻きに見ておる野次馬がおった、と」

「それなのですが、関わりを恐れてか面倒に思ってか、名乗り出ないのです」

「褒美《ほうび》をかけたな」

「名乗り出た者は十両を与える、と……」

「二十両、いや、五十両に引き上げたらどうだ」

盛清は盛義を見た。

盛義は承知したようにうなずいた。

すると、佐川が、

「五十両欲しさに目撃もしていない者がやって来るぞ」

と、難色を示した。

「それもそうであるな」

盛義は賛同し、盛清は苦い顔になった。

続いて平九郎が南町奉行所の同心藤野が偽の証人を仕立てると申し出てきたことを持ち出した。

「偽者はさすがにまずいな。評定所の吟味でぼろを出せば、厄介なことになる。秋月の無礼討ちが認められないばかりか、偽の証人を用意したことで当家にも何らかの処罰が下されよう。それならば、たとえ褒美の金子目当てでも名乗り出る者を集めるのがよい。その上で、試問すればよい。名乗り出て来た者がまことの証人なのか、偽りを申しておるに過ぎぬのか、試問の場で見極めればよい」

盛清は考えを述べ立てた。

すると、盛清の考えに水を差すように矢代が口を開いた。

「何故、名乗り出ぬのであろうな」

たちまち、盛清が鼻白《はなじろ》み、

「のっぺらぼう、今頃、何を惚《とぼ》けたことを申しておるのじゃ。関わりを恐れたり、面倒だと思ったりしておるのじゃ。清正が申したばかりではないか」

「その通りかもしれませぬ。ですが、妙に引っかかるのです」

無表情で矢代は繰り返した。

「……何が引っかかるのだ」

盛清は矢代の態度に、只ならぬものを感じ取ったようで、頭ごなしに否定せず問い質した。平九郎も黙って矢代の言葉を待った。

「探索の甲斐もなく、当家に名乗り出る者もいない……まるで、証人ども、口裏《くちうら》を合わせておるような」

矢代は推察を投げかけた。

「口裏を……か」

盛清は腕を組んだ。

佐川が、

「口裏を合わせるって、そうなると、証人はお互いが知り合いってことになるぜ。通りすがりの者じゃないって、そう、矢代さんは見ているのかい」

「確信はござらぬが、通りすがりの者であるのなら、一人くらい証人が現れてもいいのではないか。いくら、面倒ごとに関わるのを嫌ったとしても、物見高い者はおる。ましてや、賞金が貰えるとなれば、尚更ですぞ。それが、まったくないということは、証人たちは口裏を合わせ、名乗り出るのをやめているのでは、と考えるのが妥当《だとう》ではござらぬか」

静かに矢代は返した。

「なるほど、口裏を合わせておるのかもしれぬな」

盛清も矢代の疑問に同調した。

佐川が、

「こりゃ、平さんの探索が足りないっていうよりは、もっともらしい理由だな」

と、平九郎を見た。

「清正はどう思う」

盛清に問われ、

「矢代殿のお考え、言われてみれば腑《ふ》に落ちます」

平九郎も同意した。

「確かに興味深いのう……」

盛義も矢代の考えに引きつけられたようだ。

平九郎も意見を述べ立てた。

「口裏を合わせるとは、お互いを見知った者同士、しかも、人が殺されている一件を黙っているのですから、よほど強い絆で結ばれた仲間と考えてよろしいですね」

「そうに違いない」

得意の早合点《はやがてん》を盛清はした。

「すると、秋月殿と紋次郎のいさかいの一部始終を見ていた可能性があります。紋次郎は……」

ここまで平九郎が考えを展開したところで、

「紋次郎は浅草にある金峰水神社の帰りだった。古田からひどい目に遭わされた後だ」

佐川が言い添えた。

「その紋次郎を追って、金峰水神社を参拝した者……いや、単なる参拝者ではなく氏子《うじこ》かもしれませぬ。氏子が紋次郎を追いかけ、何らかの理由で秋月に無礼を働かせておいて、一部始終を見届けたのではないでしょうか。この推察は絵空事《えそらごと》でしょうか」

平九郎はみなに問いかけた。

佐川が、

「いや、絵空事とは限らないぜ。となると、これはひょっとして……」

と、言葉を止めた。

「どうした、気楽、引っかかることがあるのならはっきりと申せ。勿体《もったい》ぶるな」

盛清が促した。

「水神社の氏子を黙らせられるとなると、何者かなってな……」

佐川の問いかけに、

「禰宜の綾女……ですね」

平九郎は即答した。

そうだと答えてから佐川は続けた。

「綾女なら、氏子を黙らせることはできる。黙らせたのは、秋月の無礼討ちへの金峰水神社の関与を表沙汰にしたくはなかったからだ。羽後の清瀬領にある総本社で秋月は何か不都合なものを見たのじゃないか、水争いで清瀬家に不利になること、あるいは金峰水神社には不都合なこと、するってえと、籤引きの不正に関係するのかもしれねえぜ」

「さもありなんじゃな」

盛清は言った。

「ですが、秋月殿は金峰水神社の籤に関しては何も申しておりません」

平九郎が疑問を返すと、

「秋月本人は気づいていないのかもしれないぜ。だが、評定所の吟味が進めば、気づいてしまうことなのじゃないか」

佐川は答えた。盛清が、「そうに決まっておる」と得意の台詞《せりふ》を発した。

「綾女殿に掛け合います」

平九郎は半身を乗り出した。

「そうしろ。すぐに行け」

盛清はせかしてから天井を見上げた。よく降るなと雨音に目を細め、

「綾女が金峰水神さまに雨乞いをしたのかもしれぬぞ。この雨、当家に都合のよいものにせねばならぬ。雨降って地を固めよ」

と、改めて命じた。

「よし、おれも一緒に行くよ」

佐川が申し出ると、

「そうだ、気楽に一緒に行ってもらえ」

迷わず盛清は勧めた。

平九郎は承知し、

「秋月殿の一件と今回の訴訟、別々の一件だと思っておりましたが、繋がりがあるのかもしれませぬ」

「繋がりがあるどころか、深く関係しておるに違いないぞ」

盛清は決めつけた。

平九郎は続けて、

「もしかして、古田の毒殺も関係しておるのかもしれません」

すると盛清が、

「そんなことは決まっておるわ」

と、確たる根拠もなく自信満々に断じた。平九郎は惑わされることなく、

「改めて申します。わたしが疑問に思うのは、切腹を目前とした古田繁太郎殿が何故、毒を盛られたのかということです」

これには佐川が、

「それはあれだろう、伯耆守さまの面前で話されたらまずいことがあったから、下手《げしゅ》

人《にん》は古田の口を封じたんだよ」

盛清も、

「そうじゃ、そうに決まっておる」

と、苛立ちを含んだ声音で言い立てた。

「そうでしょうか」

平九郎は首を捻った。

「どうしたんだい」

佐川も気になったようだ。

「古田には様々な思いがあるが、それはそれ。死を穢したくはない、と申しておりました。古田という男、武士道を殊の外に大事にしておったとのこと。そうであるのなら、切腹の場で伯耆守さまに向かって綿々と言い立てることなどはせぬ、と思うのです。そのことは、古田を知る者ならば、わかっておったのではないでしょうか」

平九郎は持論を展開した。

「ふ〜ん、どう思う」

盛清は矢代に訊いた。

「さて、椿は直接、死の直前の古田と言葉を交《か》わしたのですから、その考えはおろそかにはできないと存じます」

　矢代は答えた。

「そうか」

　意外にも盛清はあっさりと納得した。

　視線は絵筆に向いている。どうやら、議論に飽き、絵を描きたくなっているのだろう。それでも、ここは盛清の気持ちに斟酌《しんしゃく》している場合ではない。少しでも疑問を潰しておかねばならないのだ。

「古田の朋輩《ほうばい》である馬廻り役たちにも確かめたのですが、やはり、古田は端然《たんぜん》として切腹に臨もうとしていたということでした」

　平九郎は言った。

「すると、益々わからんではないか。一体、下手人は何のために古田に毒を盛ったのじゃ」

　この疑問に盛清は立ち返った。

　絵を描く欲求を我慢し、議論に積極的に加わる。

「古田毒殺が秋月無礼討ちと繫がっておるとしますと、金峰水神社が深く関わっておるのかもしれませぬ」

平九郎の考えに、

「ともかく、綾女殿を訪ねよう」

佐川に誘われ、平九郎はこれ以上の議論は無駄だと口を閉ざした。せっかく、白熱《はくねつ》した議論を期待しかけたであろう盛清は拍子抜けしたような面持ちとなった。

最後に、

「よかろう」

と、盛義が得意の台詞を言って、話し合いは終わった。

三

明くる日、平九郎は佐川と共に金峰水神社にやって来た。雨は上がり、青空が広がっている。昨日の雨のお陰か風に涼が感じられる。

境内を散策した後に社務所に顔を出す。佐川が綾女に面談を頼んだ。綾女は快く会ってくれた。平九郎に気づき黙礼をした。

「先だっては、まことにありがとうございました」

きちんと平九郎は礼を告げた。

「その古田殿とは奇《く》しき縁でござる」

平九郎は古田の切腹に立ち会う前、最後に言葉を交わしたことを話した。綾女は軽く一礼をしてから、

「それはまことに奇しき縁でござります。重ね重ね、古田さまとの因縁という悪しき縁は断ち切られた方がよろしいですね」

綾女に言われ、

「金峰水神さまの御加護《ごかご》で水に流して頂きましょうか」

平九郎は軽口を述べ立てた。

平九郎の冗談を綾女は大真面目に受け取り、

「お祓《はら》いでしたら、いつでも致します」

すると、

「平さん、そうしてもらえ」

佐川が勧めた。

「いずれ……」

曖昧に言葉を濁してから平九郎は居住《いずま》いを正して綾女に向き直った。

「綾女殿は古田繁太郎殿をよくご存じですね」

「よく、とは申せませぬが、やり取りはしておりました」

「総本社に関係したことですか」

「古田さまは、総本社に深く関わっておられました。台所事情、修繕、その他、深く関与してくださいました」

「紋次郎をいたぶったということですが、単に紋次郎の不行状《ふぎょうじょう》への怒りからですか」

「そのようです」

綾女は短く答えた。

「ならば、お訊きします。紋次郎が秋月に無礼討ちにされた日、こちらの神社の氏子はその無礼討ちの場にいたのではありませぬか」

平九郎は踏み込んだ。

綾女は小首を傾げてしばし思案に耽《ふけ》っていたが、

「さて、どうだったのでしょう」

と、答えをはぐらかした。

「氏子は秋月の無礼討ちを黙っていたのではありませぬか。そして、それをさせたのは綾女殿なのではありませせぬか」

意を決して平九郎は問い詰めた。

「わたくしが、黙らせたと……そんなことをして何になるのですか」

言葉遣いこそ丁寧であるが、綾女の目は尖《とが》り、怒りを滲《にじ》ませている。佐川がまずいと思ったのか、

「まあ、これは勘なんだ。秋月はね、紋次郎に無礼を働かれたのは間違いない。しかし、このままだと、罪もない紋次郎を理不尽に斬ったことになってしまう。それでは、秋月は武士とはみなされない。打ち首だ。それは、あんまりだ。なあ、綾女殿、それを考えてみてくれんかな。綾女殿から氏子に確かめてくれ」

砕けた調子で佐川は頼んだ。

「秋月さまというお方がどのような方なのか、わたくしは存じあげませぬ。お話を聞く限りにおきましては、誠実で武士らしいお方なのでしょう。一方、紋次郎さんは、飲んだくれの大工、ですが、気持ちを新たにして、まっとうに働いていたのです」

綾女は話題を紋次郎に振って、またも答えをはぐらかした。

「紋次郎が真面目な大工に生まれ変わったのはわかっている」

綾女の調子に合わせ、佐川は否定しなかった。

「では、紋次郎が理不尽なふるまいをしたという点につきましても、否定なさるので

すか」

平九郎は問いかけた。

「わかりませぬ」

綾女は首を左右に振った。

要点に入ると綾女は惚《とぼ》ける。

「紋次郎はあの日、神社を訪れておりますね。その日、大工の仕事を休んでいます。無断で休んだんですよ。どうしてですかね」

平九郎は問いを続けた。

「わたくしに訊かれましてもわかりませぬ」

「ですが、紋次郎を改心させて、まっとうな仕事をするように導かれたのは、綾女殿でしょう」

「助言をしただけです」

「仕事を休んだことを不審には思われなかったのですか」

答えさせようと平九郎は繰り返し訊いた。

綾女は表情を穏やかにし、

「今日はお仕事はいかがされたのですか、とは訊きました。紋次郎さんは、ちゃんと棟梁に断って来たと申されました」

それで、あの日も、紋次郎に大工仕事の指導をしてもらっていたのだとか。

「紋次郎さんは、とても水神さまに感謝をなさり、信心を深めておいででしたから」

綾女は言った。

それはわかるが、棟梁に無断で仕事を休んでまでしてやって来るものだろうか。棟梁の政五郎とはお粂、立ち会いのもとに一日でも休んだり遅刻したりすれば、首にする、と約束の上に大工に復帰できたのである。

そして、紋次郎はそれこそ心を入れ替えて懸命に仕事をしていた。仲間の評判もよかった。お粂も心から良かったと、感慨深く思っていた。

そんな紋次郎が政五郎には無断で、お粂には内緒で金峰水神社を参拝し、大工仕事を指導していたのだ。

平九郎の困惑を佐川が汲み取ったようで、綾女に問いかけを繰り返した。

「紋次郎にはどれくらいの手間賃を出しているんだい」

あまりにざっくばらんな佐川の問いかけに綾女は目をしばたたいた後、

「いいえ、銭金はお支払いしておりません。あ、いえ、わたくしはお支払いしようと思い、氏子のみなさんもいくらかお渡しししたいと申されたのですが、紋次郎さんは受け取ろうとなさいませんでした。銭金を受け取ると、水神さまのご利益がなくなる、と頑《かたく》なにお断わりになっていらしたのです」

「じゃあ、紋次郎はどうして仕事を休んでまでしてここに来たのかな。しかも、休めば首だって約束を反故《ほご》にしてまでだよ」

佐川の問いかけに平九郎も大きく首肯して綾女を見た。

「それだけ、信心が深くなったということだと思いますが」

綾女は推察した。

「ですがね、手間賃なしじゃ、食っていけませんぜ。まさか、水を飲んで一生暮らすわけにもいかないからな」

軽口を交え佐川は笑った。

気に障《さわ》ったのか綾女は黙り込んでしまった。

佐川はかまわず続けた。

「おれが思うに、紋次郎は特別に親しい者ができて、その者に呼ばれたんじゃないかな。どうしても断れない相手だ……そんな者に心当たりはないですかな」

「紋次郎さんは、腕ばかりか人当たりもよくて、沢山の方々から評判がよかったですので、その中で特に と訊かれましても……」

綾女は判断できないと言った。

「いや、親しいといっても、紋次郎に仕事を休ませてまでして、神社に呼びつける者となると、一人しかいないんじゃないかな」

佐川は綾女を見つめた。

微笑みを浮かべ綾女は佐川を見返した。

「わたくしが呼び出した、とおっしゃりたいのですね」

「そうです。間違っているとは思わないな」

佐川は言った。

「そんな、わたくしが呼び出すなど」

綾女は笑顔を崩さすに返した。

「綾女殿しかいないな。紋次郎を呼び出せるのは。腹を割ってくれないか。どうして紋次郎を呼んだのだ。そして、秋月に因縁をつけさせたのだ」

佐川は畳み込んだ。

「佐川さま、勝手な想像で決めつけておられますが、わたくしが紋次郎さんを神社に呼び、秋月さまに因縁をつけさせた確かな証はあるのですか」

綾女はあくまで冷静に問うた。

「証はない。水のようなものでな」

「わたくしをお疑いになるのは、佐川さまの勝手でございますが、思い込みばかりですと、真実を見誤りますよ」

もっともな理屈を綾女は返した。

「おっしゃる通りだが、思い込みが激しかろうが、これ以外に紋次郎が仕事を無断で休んでまでこの神社にやって来て、その後、秋月に絡んだわけがわからない」

佐川は強い口調になった。

平九郎が、

「紋次郎がここに来て、その帰りに秋月といさかいを起こし、斬られたのはまぎれもない事実なのです。その事実を裏付ける理由があったに違いないのです」

と、言い添えた。

「お二方《ふたかた》のお疑いはよくわかりました」

話を打ち切るように綾女は語調を強めた。

「お答、くださらぬか」

佐川は静かに訴えかけた。

綾女はすっくと立った。

「綾女殿、……あまり時はないのです。秋月は打ち首になってしまうのです」

平九郎も頼み込んだ。

が、何も答えず綾女は出ていった。

平九郎と佐川は顔を見合わせ、仕方なく金峰水神社を後にした。

「さて、平さん、これからどうする」

佐川の問いかけに、

「秋月殿に会いましょう」

平九郎は答えた。

「秋月さん、小伝馬町の牢屋敷だな。よし、行こう」

二人は秋月との面談への期待に胸を膨らませながら牢屋敷に向かった。

四

小伝馬町の牢屋敷は表門口《まぐち》五十二間二尺五寸、奥行五十間、坪数二千六百七十七坪で、概ね一町四方の四角な造りとなっている。

表門は西南に面した一辺の真ん中に設けられ鉄砲町《てっぽうちょう》の通りに向かっていて、裏門はその反対小伝馬町二丁目の横町に向かっていた。すなわち、町家《まちや》の中に存在しているのだ。

といっても、周囲は忍び返しが設けられた高さ七尺八寸の練塀《ねりべい》が巡らされ、その外側を堀で囲んであり、町屋の中にあるだけにその異様は際立っていた。

平九郎と佐川は表門をくぐった。

すぐ左手に塀が裏門まで連なっている。塀を隔てて右側には牢屋奉行石出《いしで》帯刀《たてわき》や役人たちの役宅と事務所があり、左側が監房《かんぼう》である。

監房は東西に分かれ、それぞれに大牢《たいろう》、二間牢《にけんろう》が一つと揚屋《あがりや》が二つある。このうち、大牢と二間牢を合わせて惣牢《そうろう》と称した。他に揚座敷《あがりざしき》、女牢《おんなろう》、百姓牢が別に設けてあった。身分によって入る牢が異なるのだ。

佐川が番士に小遣いを渡し、秋月との面談を申し入れた。秋月は士分であるため、揚牢に入れられている。

「地獄の沙汰も金次第だな」

佐川が言ったように、牢屋敷での待遇は牢役人への付け届けで異なるのは公然の秘密だ。大内家も秋月のため、差し入れの際、牢役人への心付けを怠っていない。

鼻薬の効果はてき面で、秋月とは穿鑿所《せんさくじょ》で面談が叶った。

平九郎と佐川が待っていると、やがて牢役人に連れられ、秋月慶五郎がやって来た。

秋月は月代《さかやき》、髭《ひげ》こそは剃《そ》るのが許されていないため伸び放題だが、顔色はよくて目にも力があった。袴は身に着けない粗末な木綿の着物ながら、薄汚れてはおらず、武士の矜持《きょうじ》が保たれていた。

「元気そうで何より」

平九郎は声をかけた。

佐川が立ち会いの役人に小遣いを渡す。役人は空咳《からせき》をし、穿鑿所の外に出た。

「証人は見つかりましたか」

開口一番、秋月は問いかけた。

申し訳ない、と平九郎は頭を下げた。秋月は一瞬、失望の色を浮かべたが、

「お手数をおかけ致します。なに、そのうち、現れますよ」

自分のために奔走してくれている平九郎を気遣ってか楽観視した。

「そのことなのだが、もう一度思い出して欲しいのだ」

紋次郎とのいさかいを見ていたという一団について問いかけた。

「その者たち、金峰水神社の氏子ではないかとわたしも佐川さんも睨《にら》んでおるのだ」

佐川も労苦を惜しまずに探索していることを平九郎は言い添えた。秋月は佐川に感謝の言葉を贈り、平九郎の問いかけに思案を巡らせた。

「金峰水神社を参拝した折に、見かけた者はいなかったかな」

期待を込め、平九郎は声をかけた。

はっとしたように秋月は平九郎を見返し、

「そういえば……龍《りゅう》の面《めん》を持っておる者がおりましたな」

金峰水神社の境内で売られていた龍の面を手にしている者がいたそうだ。

「そりゃ、金峰水神社で売られていたって、はっきりとわかるんだな」

佐川が念を押した。

「間違いありません。と申しますのは、拙者もしつこく売りつけられましたから、目に焼きついております。しかし、買う気がしなかったので、断ったのです」

「そりゃまた、どうしてだ。高かったのかい」

佐川の問いかけに、

「不格好なのです。龍の額に金峰と金字で記されております。趣味が悪いというか、あれでは被る気がしません」

秋月は苦笑した。

「なるほど、露骨《ろこつ》に広告しているってわけだ。おれも、そういうのは勘弁願いたいな。江戸っ子の粋《いき》には合わない無粋《ぶすい》ってもんだな」

佐川も金峰水神社の悪趣味をあげつらった。

「そうだ。近日中に水神祭があるそうです。氏子はその面を被って、神輿《みこし》を担ぐと申しておりました」

秋月は記憶が鮮明に成りつつあるようだ。

「益々、氏子だって疑いが濃くなったってわけだ」

佐川は喜んだ。

平九郎も勢いづき、

「それから重要なことなのだが、秋月さんが出羽の羽後にある金峰水神社の総本社を参拝した時のことだ。その時、何か異変に気づかなかったかな」

問われた秋月は、

「特には……」

と、答えかけたものの、平九郎の真剣な眼差《まなざ》しに気づき、更に思案を重ねた。

「異変と言ったが、まずは些細《ささい》なことでいい。何でもいいから思い出してくれ」

声の調子を落とし、平九郎は問い質した。

秋月はうなずき、

「参拝を終え、境内をしばし散策しました。水神社のためか、空気が澄み、湧き出る水が美味《うま》かったですな。それで、その日は村長たちが参拝しておったのですが……清瀬家側の村人ばかりでしたな」

「水神社から呼ばれたのですかね」

「清瀬家中から家臣がいらしておりましたな」

「古田繁太郎ではなかったのか」

「古田ではありませぬ。清瀬家の寺社奉行をお務めの方……」

名前を思い出そうと秋月は思案を巡らした。

「林田右近殿では」

平九郎に言われ、

「そうでした。林田殿でした。拙者、ご挨拶をしました」

林田は丁寧に応対してくれたそうだ。

「林田の様子に何か変わったところはなかったのかい」

佐川が割り込んだ。

「特には」

　秋月は答えてから、

「林田殿が妙というわけではないのですが、村長たちが村の者に荷を運ばせておりましたな」

「どんな荷ですか」

　平九郎が問う。

「俵であったゆえ、年貢かと思ったのですが、年貢を納める時節ではありません。それで、林田殿に訊いたのです。すると、金峰水神社へのお供え物だとおっしゃいました」

「中身は何だったんだ」

　佐川の問いに秋月は首を左右に振り、

「お供え物とだけしか答えてくださいませんでした。ただ、お供え物となりますと、当家側の村々、金峰川を取水源とする村からもお供え物を提供しなければと思いまして、参考までにどんなお供え物なのか確かめたのですが、禰宜の綾女殿がお気遣いなさらないでください、とおっしゃるばかりでお答えくださいませんでした」

　清瀬側の村々が自発的に行っていることだから、大内側を煩《わずら》わせることはない、と林田も綾女も遠慮したそうだ。

「それで、わたしも当家の村々に無理強《じ》いをするには及ばないと判断しまして、お供え物のことは、それ以上は問題にしなかったのです」

まずかったでしょうか、と秋月は心配した。

「まずくはない」

佐川は否定したが、

「しかし、お供え物のせいで、籤の結果が当家に不利になったのではないですか」

秋月は心配の度を深めた。

「そうとしたら、益々籤は不正だったってことになるぜ」

佐川は断じた。

ここで秋月がはっとして、

「ああ、そうでした。はっきり思い出しました」

と、両目を大きく見開いた。

その表情はこれまでにない、自信に満ちたものだった。

「わたしもそう思ったのです。昨年の籤で当家と清瀬家ではくっきりと明暗《めいあん》が分かれました。それゆえ、お供え物が気になり、再三問いかけたのです」

林田は根負けし、

「中身は土と米だということでした」

秋月の答えに平九郎と佐川は失望を禁じ得なかった。

「米と土を俵に入れて、金峰水神社に奉納しているのか。一体、何のおまじないだ」

首を傾げ佐川が尋ねると、

「それが、水難から守るための土嚢《どのう》代わりなのだということでした」

金峰水神社において雨乞いの祈禱所は金峰川にせり出した一角にある。桝《ます》の形に突き出ており、金峰川の激流がぶつかる。水嵩《みずかさ》が増すと、崩壊《ほうかい》の恐れがあるため土嚢を積んで備えるのだそうだ。土と米を混ぜているのは、金峰川がもたらす恵に感謝し、各々の村から生み出した土と生み出された米を感謝の意味を込めて寄進しているのだとか。

「林田殿は寺社奉行として、神社の安全に心配りをしておられたとわかり、感謝致しました。金峰水神社は当家にとっても、大切な神社ですからな。御公儀に代わって清瀬家が責任を持って、管理なさっておられたのです」

秋月は林田の言葉を信じたようだ。

「なんだ、それじゃあ、清瀬家は不正どころか良いことをしておるのではないか」

佐川が肩を落とすと、

「それなら、秋月殿が狙われることもない、ということになりますな」

平九郎は秋月に俵の中身を確認したのか、問いかけた。

「そんなことはできませぬ。それはいくらなんでも、無礼というものです。それこそ、金峰水神さまの罰が当たります。あ、いや、罰が当たって、今、牢屋敷に入れられておるのでしょうか」

頭を掻き、秋月は失笑した。

「罰なんか当たっていませぬぞ。秋月殿は不正を働いたわけではないのですから」

平九郎が励ますと、

「まあ、そうですが」

秋月はため息を吐いた。

「なんか、もやもやとするな」

佐川は着物の袖を捲り、腕をぼりぼり掻いた。

秋月は出羽国の総本社では不正を目撃していない。

とすると、

「江戸での金峰水神社に参拝した折は妙なことはなかったのだな。くどいようだが、もう一度、思い出してくれ」

平九郎が頼むと秋月らしい生真面目さでもう一度思案を巡らし、

「何も不正な物は見なかったですな」

「綾女殿とは言葉を交わしたのか」

「ええ、話をしました。総本社で挨拶をさせてもらったので、江戸でも挨拶、と思って」

「その際に何か気がつかなかったか」

「水神祭の準備、それから、当家との水争いがありましたので、長話は遠慮しようと思いました。実際、警戒の目があったのです」

清瀬家の家臣と思《おぼ》しき侍が秋月に視線を向けていたそうだ。

「その侍、大柄で顎《あご》が張り、顎の先に黒子のある男ではなかったか」

古田繁太郎の特徴を平九郎は言った。

「その通りです」

古田は秋月と綾女がやり取りをしているのを見聞きして不快に顔を歪《ゆが》めたという。

「わたしが、総本社の祈禱所の補修普請のことを話した時でした」

警戒の目を向けただけではなく、古田は秋月と綾女がやり取りをする間に割って入った。それで、綾女と何か深刻な顔で話し始めたそうだ。

「わたしを大内家の家臣と気づき、水争いの評定所の吟味を控え、古田殿は綾女殿にやりとりするのを注意したのかもしれません」

秋月は明くる日、馬喰町の公事宿を訪れたのだった。そして帰り道、紋次郎に無礼を働かれたのである。

「古田は綾女殿にも不快な態度を取ったのですな」

平九郎が問いかけると、

「そのように見かけられました」

記憶が蘇《よみが》ったように秋月は明確に答えた。

「いや、すまなかった。お蔭でずいぶんと絵が見えてきた」

平九郎は礼を言った。

「礼を申すのはこちらですが……何かお役に立てたのでしょうか」

秋月は半信半疑の様子だ。

「十分だ」

平九郎は胸を張った。

「あの……証人は見つかるのでしょうか」

不安に駆られたようで秋月は上目遣いになった。

「見つかる。同時に、今回の水争いにも勝つぞ」

平九郎の言葉に秋月は戸惑《とまど》いを示した。ぽかんとした顔で首を捻るばかりだった。

五

翌日、平九郎は榛名藩清瀬家上屋敷に林田右近を訪れた。使いの者に庭に回るよう告げられた。

庭に回ると、御殿の広縁《ひろえん》に定正が座していた。脇に林田が控えている。広縁の前には毛氈《もうせん》が敷かれ、藤間源四郎が刀を砥《と》いでいた。たすき掛けにし、小袖の裾を尻はしょりにして砥いでいる様は本職顔負けである。砥ぎ船を敷き、盥《たらい》に水を汲み、踏まえ木に腰を下ろして左手を刀の切っ先、右手を中程に添えて刀身を砥石に置いて慣れた手つきで前後に動かしていた。

まさしく、砥ぎ師になりきっていた。

砥ぎ上げた刀を定正は手に取って、しげしげと刀身を見ている。刃紋《はもん》が匂い立ち、目にも鮮やかだ。

「椿、よう参ったな」

上機嫌に定正は声をかけてきた。

林田と話をしたいのだが、と内心で思いながら平九郎は頭を下げた。

定正は刀を鞘に納め、

「そうじゃ、右近、そなたの刀も砥いでもらえ」

定正が声をかけると、

「ありがたき仰せでございますが、畏れ多きことで……」

林田は遠慮した。

「苦しゅうない」

定正は言ったが、

「それがしの差し料は昨日砥いだばかりですので、椿殿の刀を」

と、林田は定正に頼んだ。

定正は平九郎に向き、

「椿、そなたの差し料、砥いでもらえ。その者、よき刀砥ぎじゃ」

刀剣を扱っていると、定正は実に楽しそうである。逆らわない方がいいだろうと、

「お願い致します」

と、自分の刀を藤間に預けた。

藤馬は素知らぬ顔で平九郎の刀を受け取った。

「伯耆守さま、畏れ入りますが拙者、林田殿と……」

平九郎は定正に言った。

「おお、そうか」

定正は林田に平九郎との相手をするように告げた。林田は庭に下りた。

次いで、平九郎を伴い、庭の池の畔《ほとり》にある東屋《あずまや》に誘った。

「殿は刀剣となると、目がなくてな……」

林田は微笑んだ。

「あの刀砥ぎをお気に入りのようですな」

平九郎は言った。

「腕がいい、と珍重《ちんちょう》しておりますな。家臣どもの刀も砥がせております」

「林田殿も砥いでもらったのですか」

「いえ、わたしは、自分の差し料は自分で砥ぐことにしております」

それは武士の矜持だと言いたげであった。

「林田殿から提案されたことは改めてお断りすることになりました」

せっかくのお気遣いですが、と平九郎は詫びの言葉を添えた。

「承知した」

答えてから林田は残念ですな、と付け加えた。

「お気遣いを受け入れられず、申し訳ござらぬ」

「椿殿が謝罪することではござらぬ。では、評定所にて公明正大に吟味をして頂こうではありませぬか」

林田は吹っ切れたようだ。

望むところです、と平九郎は答えてから、秋月の話題を持ち出した。

「秋月はこの弥生《やよい》に国許に参りました。その際に、金峰水神社の総本社を参拝致しました。そこで、林田殿にお会いしたそうですな」

「ああ、あの時の御仁が秋月殿ですか。いや、これは、拙者としましたところが失念《しつねん》致し、申し訳ござりませぬ」

林田は軽く頭を下げた。

それを聞き流し、

「その際、清瀬家領内の村々からお供え物があったとか」

「雨乞いの場を水害から守るための補修普請に用意致した、俵ですな」

林田はそれがどうしたという目をした。

「その補修普請の一件、何か問題があったのではありませぬか」

平九郎が問いかけると、

「いいえ、至って滞《とどこお》りなく普請は終わりましたぞ」

すました顔で林田は返した。

「そうですか、それならよいのですが、その後、江戸にて秋月は無礼討ち騒動の前日に支社を参拝したのです。その時、秋月は綾女殿に雨乞い所の補修普請について語りかけたところ、古田殿が怒りの形相《ぎょうそう》で綾女殿に詰め寄ったそうなのです。何かお心当たりはありませぬか」

平九郎の問いかけに林田は目元を厳しくしてから、

「さあ、わかりませぬ。何度も申しますように、古田という男は激情しやすい性質でござる。その時も何か腹に据えかねることが起きたのでしょう」

「雨乞い所の補修普請について、古田殿は怒ったのではないのですか」

平九郎が問いを重ねると、

「さあ、わたしに訊かれても……」

当惑するように林田は返した。

「綾女殿に確かめます」

平九郎は言うと、それではと林田と別れた。

一人東屋に残っていると、清瀬家馬廻り役工藤仙太郎と武部小平太がやって来た。

二人とも秋月の身を案じている。

そうだ、例の件を尋ねてみよう。

「秋月は無礼討ち騒動の前日、金峰水神社を参拝致しました。その際、秋月は綾女殿に挨拶をしたのです。すると、そのやり取りをじっと窺《うかが》っておられた古田殿が血相《けっそう》を変え、綾女殿に詰め寄ったそうなのです。話題は出羽国の総本社に設けられております雨乞い所を水害から守るための補修普請に話題が及んだ時だそうです」

心当たりはないかと、訊く前に、

「そんな馬鹿な」

工藤は驚き、

「あり得ぬ」

武部も疑問を呈した。

「いかがされましたか」

希望の灯《あか》りが灯《とも》ったような気がした。

「古田と共に、殿が鍛えし太刀を奉納した際、我ら一行は嵐に遭遇し、奉納の儀式に遅れるという失態を演じました。その失態を少しでも挽回《ばんかい》しようと、古田は神社の修繕に心を砕いたのです」

工藤が言うと、

「殊《こと》に、雨乞い所は水の被害を受けやすいとあって、厳重に補修普請を行いました。いかに水嵩が増えようが、絶対に崩れないようにしたのです。俵を積むなどという生《なま》易《やさ》しいものではなく、石垣を築き、その上に堅固な板塀を巡らせました。絶対に堅固であります」

武部も主張した。

「すると、そんな堅固な普請をしたにもかかわらず、俵で養生するなどという話を聞き、古田殿はいぶかしむと同時に、自分の仕事を穢されるような思いだったのでしょう」

平九郎の推察に、工藤も武部もうなずいた。

「綾女殿も林田殿も雨乞い所を補修したというのは嘘を吐いたということですな」

平九郎の言葉に工藤と武部は賛同した。

「こうなると、村人が奉納した俵が気になりますな」

「林田殿、やはり、怪しい」

工藤は言った。

「林田右近、何を企んでおる」

武部も拳を作った。

今回の一件、綾女と林田が示し合わせているに違いない。

ようやく、絵図が見えてきた気がした。

第五章　水神の罰

一

「椿さま、砥ぎ上がりましたぞ」

平九郎は藤間に声をかけられた。

藤間は平九郎の前に跪《ひざまず》き、懐紙《かいし》で刀身を包んで恭《うやうや》しく差し出した。平九郎は礼を言って受け取ると御殿に視線を向けた。

広縁に座していた定正の姿はない。

藤間は辞を低くしながら立ち上がった。

「椿さまのお刀、よく手入れされておられ、手前も砥いでおりまして、気持ちがようございました」

にこやかに藤間は砥ぎ師として語った。二人の横を清瀬家の家臣たちが通り過ぎてゆく。平九郎もしげしげと刀を見ながら話を合わせようとした。

陽光に煌めき、刃紋が匂い立っている。刀剣に目のない清瀬伯耆守定正が気に入ったように、藤間は一流の砥ぎ師の技を平九郎にも発揮してくれた。隠密の役目を超えた藤間の親切に平九郎は感謝と同時に舌を巻いた。

役目ではなく本音で藤間の砥ぎぶりに賞賛と感謝を伝えた上で、

「何と申しても刀は武士の魂、刀の穢れは魂の穢れであるからな」

などと、ごく自然にもっともらしい言葉が口をついて出た。

しばらく刀談義を交わしていると周辺から人気《ひとけ》がなくなった。平九郎は刀を鞘に納め、腰に差した。

「伯耆守さまのお側におられ、何か気づきましたか」

言葉遣いを改め、平九郎は問いかけた。表情は刀談義と変わらないままだ。

「伯耆守さまの刀剣好きは相当なものですな。ご自分が鍛えた刀をお気に入りの家臣に下賜なさるのはよいのですが、事細かに手入れのやり方なども指図なさっておられます。家臣たちは、正直、ありがた迷惑のようですぞ」

藤間は苦笑した。

「なるほど、それほど刀への執着が強いゆえ、古田繁太郎が金峰水神本社への太刀奉納の儀式に遅参したのは、痛恨《つうこん》の出来事であったのでしょうね」

平九郎が言うと藤間もそうだとうなずいて返した。

「古田の遅参、未だに悔いておられますな。いくら、嵐に遭遇したとしても、遅参したとは、と残念がっておられます」

「それなら、余裕を持った旅程にすればよかったではありませぬか。今更、申してもせんないことですが……」

「もちろん、古田は早めに江戸を出ようとしたそうです。儀式の日取りは神無月《かんなづき》の一日、古田一行が出たのは長月《ながつき》の十日だった、とのこと」

「好天に恵まれれば二十日で行けますが、嵐とまではいかなくとも、雨天が続けば歩みは遅れるもの……もっと、ゆとりを持つべきでしたな」

平九郎は首を傾げた。

もっとも古田にも同情の余地がある、と藤間は前置きをしてから、

「寺社奉行林田右近が儀式の日を間違えて江戸藩邸に報せていたそうなのです」

林田は太刀奉納の儀式を霜月《しもつき》の一日だと報せていた。誤りに気づいた林田は早馬で藩邸に報せる。古田一行は神無月の一日に出立《しゅったつ》するはずだったのを長月十日に繰り

上げて江戸藩邸を出た。

「林田とも思えぬ、間違いですな」

「林田の言い訳では、神無月ゆえ儀式はなかろうと信じ込んでいたのが間違いだったということでした」

神無月は全国の神々が出雲大社《いずもたいしゃ》に集まる月だ。それゆえ、金峰水神も総本社に不在であろうと、林田は解釈をしていたそうだ。それが、金峰水神は神無月も総本社に留まっている。金峰川の恵みにより収穫された実りを村民から捧げられるのを見定めるためである。

「ふ〜ん、わかるようなわからないような理由ですね」

平九郎は思案を巡らした。

「御公儀から清瀬家へ管轄《かんかつ》が移されたばかりで、金峰水神総本社の祭礼《さいれい》を把握《はあく》しきれていなかった、と林田は伯耆守さまと古田殿に深く謝罪をしたとか」

謝っても遅かったのですが、と藤間は肩をそびやかした。

「綾女は総本社でも禰宜を務めていたと耳にしましたが、一体、何者なのですか。長年に亘《わた》り、総本社に巫女として奉仕してきたのですか」

平九郎の脳裏に綾女の威厳はあるが疑念をはぐらかす曖昧《あいまい》な態度が浮かんだ。

藤間はにんまりと笑った。いかにも思わせぶりな様子に嫌でも興味を引かれる。

「綾女は林田が総本社に連れて来たそうです」

「ほう……すると、金峰水神総本社の禰宜になる前は何をしておったのですか」

「林田によると、清瀬家の他領の神社で禰宜を務め、大変に氏子の評判がよかったため、寺社奉行であった林田は金峰水神総本社の禰宜にうってつけだと、その役目に就けたのです」

金峰水神総本社の宮司《ぐうじ》は二年前の春に病死し、宮司不在の状態が続いていたのだった。さすがに、綾女を宮司にするわけにはいかず、禰宜にして実質的に総本社の管理を任せたのだそうだ。

「林田と綾女の仲、想像以上に深いかもしれませんね」

平九郎の言葉にうなずき、

「その辺のところを探ろうと思います」

気負わず藤間は言った。それが却《かえ》って藤間の自信を物語っているようだ。

「つい先ほど、古田の同僚二人と話したのです。総本社にある雨乞い所の補修普請を古田らは君塚村の村民を動員して行ったそうです。太刀奉納儀式の遅れを償うべく、懸命に普請をしたそうです。ところが、昨年の秋、秋月殿が総本社を参拝した折には、雨乞い所の補修のため、土嚢代わりに俵が運び込まれておったのです。それを林田は検分しておったとか」

平九郎の報告に藤間はうなずき、

「なるほど、俵の中身が気になりますな」

「秋月殿が確かめたところでは、中味は土と米、つまり、金峰川の水によって恵をもたらす土壌と実った米を土嚢として寄進したということです」

「これまたもっともらしい理屈ですが、古田らが行った補修普請を考えれば、いかにも怪しいですな。それも調べましょう」

藤間は淡々と引き受けた。

疑念が強くなり平九郎は改めて林田について言及した。

「目下、伯耆守さまの一番のお気に入りは林田右近殿でしょう。それは、何故でしょう」

「寺社奉行の時に大いなる働きをした、と。領内の神社の氏子を増やし、莫大《ばくだい》な寄進をさせ、清瀬家の台所を富《と》ませ、伯耆守さまの刀剣収集にも費用面で大いに貢献したのです」

「神社を富ませ、清瀬家を豊かにする……いかにして林田は神社を富ませたのでしょうな。神社を富ませる手法、金峰水神総本社でも行っておるはず」

「益々、秋月殿が見た俵の中身が気になりますな」

隠密としての探索本能がかき立てられたようで、藤間は目を爛々《らんらん》と光らせた。

「伯耆守さまは林田に特にお気に入りの刀を与えられた、とか」

「自慢の業物であったようですな」

「藤間殿にも砥がせないそうですね。林田は申しておりました。砥ぎはご自分でやるのだと」

「そうなのです。いくら、拙者が砥ぎます、と申し出ても、無用だと断るばかりです」

藤間は言った。

その口ぶりは何か不審感を抱いているようだ。

「いかがされましたか」

「拙者、不審に思いまして、隙を窺って林田殿の刀を見てみたのです」

「ほう……それで」

「なまくらですな」

藤間は失笑を漏らした。

「なまくらとは、失礼ながら伯耆守さまの刀鍛冶としての腕が大したことはない……ということですか」

平九郎の問いかけに藤間は首を左右に振った。

「拙者、伯耆守さまが鍛えた刀を何振りも砥いでおります。伯耆守さまの刀鍛冶としての腕は、玄人《くろうと》はだしでござる」

「ということは……」

平九郎の胸に林田に対する何度めかの深い疑念が渦巻いた。

「林田殿は伯耆守さまから拝領した刀とは別物を差しておられる、ということですな」

「どうしてそんなことを……拝領した刀は大事に保管しておるということですか」

「そうではないでしょうな。おそらくは、売り払ったのでしょう」

「売り払った……」

平九郎は絶句した。

「とんだ、不忠の者ですよ」

力なく藤間は呟いた。

「金に困っていたのでしょうか。しかし、禄は十分のはず」

「金というのは、いくらでも欲しくなるものですからな」

「それはそうですが……」

主君お手製の刀を売り払うとは、林田右近という男の性根が窺える。

「林田が今回の黒幕に違いありませんな。大殿のような決めつけですが、疑いの余地はないものと思います。清瀬家中、古田の同僚たちも林田に疑惑の目を向けております。林田は綾女と組んでよからぬことを考えておるのでしょう。それゆえ、綾女を出羽国羽後の総本社から江戸の支社にやって来させたのです。林田と綾女はきっと何かを企《たくら》んでおります」

平九郎は盛清顔負けの決めつけをした。

「お任せください」

藤間もいつになくやる気を示した。

隠密の本能が疼《うず》くどころか燃え盛ったようだ。

と、平九郎の頭にひらめくものがあった。そんな平九郎の異変に気づいたようで、

「いかがされた」

藤間は問いかけてきた。

「古田毒殺の真相がわかりましたよ。なんだ、そんなことだったのか……」

一人悦《えつ》に入《い》り、平九郎は確信に満ちた顔で述べ立てた。藤間は黙って平九郎が考えを語るのを待った。

「古田の朝粥に毒を盛ったのは林田右近です」

「林田は古田の介錯をする予定だったと聞いておりますが……」

藤間に確認され、

「わたしは、古田切腹に立ち会うよう伯耆守さまに要請され、藩邸を訪れたのですから」

「林田が切腹する古田を毒殺しなければならなかったのは……」

藤間がにんまりとした。

藤間も気づいたようだ。

平九郎はうなずき、推量した。

「伯耆守さまから拝領した刀が手元になく、介錯ができなかったからです」

「林田は自分の失策を伯耆守さまに知られるのを恐れる余り、介錯をしなくてもいいように古田を毒殺したのですな。自慢の刀を売ったと知られれば、伯耆守さまの信頼は失われるでしょうからな」

藤間も賛同した。

「姑息《こそく》な男ですな」

平九郎は吐き捨てた。

「林田の化けの皮、剝がしてやらねばなりませんな」

藤間は言った。

「林田と綾女の企み、その際たるものは、籤です」

「金峰水神さまのご神託《しんたく》ですな。清瀬領の村ばかりが取水の順番を上位に占める籤の結果が出た。とてものこと、ご神意であるはずはござらぬ」

「からくりがあるに決まっています。そのからくりを暴《あば》かねば」

「何か手妻《てづま》（手品）のようなものを使ったのでしょう」

藤間の推測通りであろうが、具体的な手段はさっぱりわからない。

「それも、探ります」

当然のように藤間は引き受けてくれたが、

「わたしも探ってみます。馬喰町の公事宿に逗留する領民たち、籤に参加したのですから、彼らから詳しい話を聞きます。思えば、もっと早く領民に話を聞くべきだったのですが、秋月殿の無礼討ち騒動やら林田との交渉やらで、つい遅くなりました……。いや、みっともない言い訳ですな。林田を笑えませせぬ」

自嘲気味な笑みを顔に貼り付かせ、平九郎は拳で頰を二度、三度殴った。

「椿殿は家中でこき使われておりますからな」

藤間の同情に平九郎は首を左右に振り、

「それが留守居役の役目です」

と、返した。

格好をつけているようだが本音である。

すると、広縁が騒がしくなった。小姓を連れ、定正が戻って来た。平九郎と藤間は片膝をついて庭に控えた。

「どうじゃ、椿、この者の砥ぎ具合、見上げたものであろう」

定正は自慢げだ。

「まさしく、匂い立つような刀身、我が刀ながら眼福《がんぷく》致しました」

平九郎は頭を下げた。

「実際に、人を斬りたくなったのではないか」

冗談めかして定正は問うてきた。

「悪人であれば……」

平九郎は静かに返した。

我が意を得たように定正は返した。

「違いない。わしも、悪党をわが手で成敗《せいばい》してやりたい。わが鍛えし刀で斬ってやりたい……むろん、幕閣のお歴々の前では口が裂けても申せぬのじゃがな」

定正の本音であろう。

定正は思い込みの激しい人柄のようだ。それゆえ、自分が良かれと思うことを他人にも押し付けたくなるのかもしれない。

「伯耆守さまのお心が穢れないよう、願っております」

林田右近を念頭に平九郎は言った。

ふと、ここで林田への疑念を言上《ごんじょう》しようかと迷ったが、すぐに得策ではない、と思い直した。林田の企てについて、確信を摑んではいない。定正下賜の刀を売り払ったかもしれないことを申し立てたところで、林田の信用失墜《しっつい》には繋がっても、林田の企ては明らかにならないのだ。

「差し料は武士の魂を映し出す。一点の曇りがあってはならない」

満足そうに定正はうなずく。

「では、これにて、失礼致します」

平九郎は帰ろうとしたが、

「待て、評定所の吟味のこと、いかがなった。林田にはそなたと折衝するよう申し付けた。できれば、評定所の吟味が始まる前に、話し合いで決着をつけたい。何もわしが御公儀の重職を担っておるゆえ、立場を気にしておるのではない。当家にとっても大内家にとっても、評定所で吟味になれば、口さがない者どもが様々に憶測《おくそく》をし、流《りゅう》言《げん》が飛び交う。お互いの家に取り、得策とは申せぬからな」

定正は持論を述べ立てた。

藤間は気を利かせるようにこの場を立ち去った。

「林田殿からのご提案、当家への配慮に満ちたもので、わが殿、大殿にもご報告申し上げ、重臣にも計りました。慎重なる検討を加えましたが、伯耆守さまのお気持ちを汲み取ること叶《かな》わず、お受けできぬという結論となりました」

慇懃《いんぎん》に平九郎は告げた。

「そうか……残念であるな。ならば、評定所の吟味に委《ゆだ》ねるとしよう」

あっさりと定正は受け入れた。

「畏れ入りますが、伯耆守さまは今回の訴え、いかにお考えでござりますか。清瀬領内の村にばかり有利な籤結果となるのは、果たして金峰水神さまのご神意なのでしょうか」

この際だ、と平九郎は定正の真意を知りたくなった。

「ご神意に間違いない……と、信じたいがな」

定正も不安を隠せないようだ。

「もし、評定所で籤に不正あり、と裁許されましたなら、それでも、金峰水神さまのご神意に間違いはない、とお考えでござりますか」

「評定所は公明正大なる裁きを行う」

それだけ、定正は答え、それ以上を語ろうとはしなかった。

「ところで、林田殿は清瀬家の寺社奉行として清瀬家中の台所を潤《うるお》わせたそうですが、何か特別な事をおやりになったのでしょうか」

「氏子を増やしておる」

と、この問いにも定正は素っ気なく答えるだけだった。林田を信頼し、神社管理は任せているため、具体的な方策までは知らないのかもしれない。だからと言って、林田が不正を働いているとしたら、それを知らなかったでは通らない。公正を期することを政の旨《むね》とする定正なら尚更《なおさら》である。

二

その足で平九郎は馬喰町の公事宿にやって来た。六つの村を代表して村長か村長が不都合な場合はそれに次ぐ有力な庄屋が訴人《そにん》となって逗留している。

宮根村と川田村からは村長が来ていた。宮根村は庄左衛門《しょうざえもん》という年長者で、川田村は徳次郎《とくじろう》という中年の男だ。

平九郎は二人と面談に及んだ。

「ほったらかしですまなかったな」

まずは、多忙を理由に顔を出さなかったことを詫びた。二人はすっかり恐縮の体《てい》である。

「そなたらの訴えを聞き、これまで清瀬家留守居役林田右近殿と談合を重ねてきた」

「畏れ入ります。わしらの村は金峰川の水がないと、どうにもなりませんのでな。本当に頼みますだ」

庄左衛門が訴えると徳次郎も頭を下げる。

庄左衛門は声を潜め、

「秋月さま、大丈夫でございますかね。小伝馬町の牢屋敷に入っておられるそうですけど」

と、秋月の身を案じた。

「目下、無礼討ちの証人を探しておる」

平九郎は金峰水神社の氏子に当たっていることを話した。

「ほんと、いいお人ですから、秋月さまは」

しみじみと徳次郎が言った。

「秋月は金峰水神総本社で、雨乞い所の補修普請用の土嚢代わりに、俵が寄進されたと、申しておった」

徳次郎もそのことは聞いた、と答えた。それで、庄左衛門と一緒に総本社まで出かけてゆき、綾女に自分たちも何か寄進したいのだが、と申し出たのだそうだ。

「ところが、綾女さまは不要だと申されまして断られたのです。それで、取水順番の籤結果のこともあり、わしらは金峰水神さまから嫌われているんではないかって、心配になったんですよ」

ここまで語ってから徳次郎は話していいか承諾を取るように庄左衛門を横目に見る。

庄左衛門は何度もうなずいた。

「雨乞い場の補修修繕は、昨年の秋に行われました。清瀬さまのご家来方が清瀬領内の村人を使ってやりました。わしらも、知らん顔はできねえと手伝いました」

頑強《がんきょう》な補修が成り、古田の疑念を裏付けるように、補修の必要はないと徳次郎も言い立てた。

「そんで、実は総本社さまには悪い噂が流れておったのです……」

徳次郎は口をつぐんだ。

「そこまで申したのだ、話してくれ」

平九郎は焦《じ》れた。

「そんでも、間違っていたら、とんでもねえから」

口に出しておいて、徳次郎は怖《お》じ気《け》づいた。

「おいおい、この場での話だ。間違っておってもかまわぬではないか」

表情を柔らかにし、平九郎は頼んだ。

徳次郎が躊躇《ためら》っているのを見て庄左衛門が語りかけた。

「おまえ、あれだんべ。昨年の秋の祭礼のこと、言おうとしているんだんべ」

「ああ、そうだんべ」

徳次郎は認めた。

平九郎は庄左衛門に話すよう促した。

「昨年の秋に行われた金峰水神総本社の例大祭なんですが、清瀬領の君塚村の者たちが、とにかく楽しそうだったのです」

「祭であったから、楽しむのは当たり前の気がするのだがな」

平九郎は首を傾げた。

これには徳次郎が答えた。

「楽しみ方が異常なのです。それはもう常軌《じょうき》を逸《いっ》しておりました。とにかく、賑《にぎ》やかなのですよ」

徳次郎は、「賑やかだった」と繰り返した。

「具体的にどんな点が賑やかなのだ。たとえば、酒に酔って、大きな声で歌ったり、踊ったりした、とか」

平九郎は庄左衛門と徳次郎を交互に見た。

徳次郎と庄左衛門はお互いの顔を見合わせ、それから君塚村の者たちの異常な賑やかさについてひそひそと話し合いをした。

その上で、

「踊りです」

庄左衛門が答えた。

「踊り、というと」

祭に踊りはつきものだ。それを殊更《ことさら》問題にするのがわからない。

徳次郎が、

「君塚村の者たち、それはもう、楽しそうに踊っているんですよ。それこそ、夜通しで踊り続けたんです」

これを受け庄左衛門も、

「わしと変わらない年寄りでも、手足を大きく振りながら休まず踊っているのですよ。酒の勢いにしたって、そうそう踊り続けられるもんじゃない。疲れ果てるもんです」

ふんふんと首を縦に振った徳次郎が、

「本当に、心底から祭を楽しんでいるようで、初めのうちは羨《うらや》ましかったんですが、だんだん、見ているうちに怖くなってしまいました」

その時の光景が蘇ったのか徳次郎はぶるっと震えた。

「怖くなる程というと」

平九郎は引っかかった。

庄左衛門が答えた。

「ほんと、背筋が寒くなりましたよ。ですから、そそくさと帰ってしまったくらいです。あれは、楽しんでいるというより、何かに取り憑《つ》かれているようでした。君塚村の奴ら、一体、どうしたんだって。わしらは気味悪がっていたんです」

「実りがそれだけ、沢山あったからなのではないのか。金峰川からの水がふんだんに使えたのだからな」

　平九郎が訊く。

　庄左衛門が、

「それはあったかもしれませんが、その何といいますかね、喜び方が尋常《じんじょう》ではない、と申しますかね」

　言葉には表せない程だと言い添えた。

「常軌を逸しておるようなのだな」

　平九郎は念押しをした。

「その通りです」

「ほんと、ありゃ、異常ですだ」

　二人はうなずき合った。

「そうか、それは一体……」

平九郎は腕を組んで考え始めた。

「そんで、悪い噂っていうのは、君塚村では芥子《けし》が栽培されているってことです」

庄左衛門は言った。

「そうか、芥子か」

平九郎は両手を打った。

庄左衛門が、

「めったなことは言えませんけど、芥子からは……」

それ以上は怖い、と庄左衛門は言った。徳次郎が、

「阿片《あへん》ってことだんべ」

と、庄左衛門が言い出し辛いことを言ってのけた。

「そうか、阿片を作っておるのだな。それを金峰水神総本社に治めさせているということか」

平九郎は言った。

林田が神社を富ませる方策がわかった。神社の氏子となっている村で芥子を栽培させ、阿片を作り出す。阿片は鎮痛剤《ちんつうざい》、下痢《げり》止めとして珍重《ちんちょう》される反面、神経を麻痺《まひ》させる興奮作用をもたらすことから、大っぴらには作られていない。それだけに、薬

種問屋では高値で取引がされる。

林田と綾女は阿片製造により莫大な利益を得ているのだ。しかし、清瀬伯耆守定正は幕府側用人の重臣だ。家来が阿片製造し、利を得ているとなれば外聞が悪い。それに、阿片製造が行われている村は評定所で吟味対象となっているのである。

そんなことは狡猾《こうかつ》な林田ならよくわかっているはずだ。そんな林田が主君失脚《しっきゃく》に繋がりかねない阿片製造を行うのは、どうしてだろう。発覚すれば、定正のこと、林田に厳罰を課すに違いない。切腹も許さず、打ち首とするのではないか。

何か、からくりがあるのではないか。

江戸の支社を改修し、綾女を呼んだのは、阿片を江戸で売り捌《さば》くつもりなのだろう。公然と薬種問屋に仕入れさせるわけにはいかない。裏でこっそりと取引をするとして、どんな手法を用いるのだろう。

平九郎が思案に耽っていると、庄左衛門と徳次郎は水争いの見通しについてやり取りを始めた。

水は命の源……。

金峰水神社の境内の井戸で汲み取られる水はありがたい……。

「そうか」

平九郎は確信した。

金峰水神社のありがたい水を仕入れるという名目で、薬種問屋に引き取らせるのではないか。

林田右近め、つくづく狡猾な男だ。

「金峰水神総本社から、うちの村には芥子、阿片を治めろなんていう要望はないですよ」

徳次郎が言うと、

「あたりまえだ。そんなこと、わしらに言ったら阿片を作っているのが表沙汰になるべ」

庄左衛門は顔をしかめた。

「その通りだな」

平九郎は賛同した。

「恐ろしいな」

徳次郎の言葉を受け、

「関わらないに越したことはねえ」

庄左衛門も肩をそびやかした。

「君塚村の連中、芥子を育て阿片を作り、そのお礼にいくらかの銭を貰い、例大祭でじゃ阿片を吸い、いい気分になっていたということか」

平九郎の推論《すいろん》を、

「その通りだと思いますだ」

庄左衛門は賛同した。

「金峰水神総本社は、どうして、阿片を作るようになったんでしょう。以前はそんなことはなかったのに。清瀬さまが管轄《かんかつ》なさるようになってから、おかしくなったんだんべ」

徳次郎は嘆いた。

「そうだ、違いねえ。取水順番の籤だって、そうだ」

庄左衛門は憤った。

「清瀬さまの管轄になって、ろくなことはねえ」

徳次郎も怒りを抑えきれない。

「清瀬家というよりは、林田右近と綾女の差し金に違いないな。まずもって、そうだ」

平九郎は断じた。

「そうだ」

徳次郎も賛同する。

「籤もそうだ」

「そうに違いない」

庄左衛門と徳次郎はうなずき合う。

「椿さま、清瀬のお殿さまは御公儀のお偉いさまですが……大丈夫ですかね」

庄左衛門の危惧《きぐ》を、

「そんなことで、ひるみはせぬ」

力強く平九郎は否定した。

庄左衛門と徳次郎は平九郎を信頼したようで胸を撫で下ろしたようだ。

「ところで問題の籤なのだが、引く時の様子を聞かせてくれぬか」

平九郎は気持ちを新たに問いかけた。

徳次郎は庄左衛門に話すよう頼んだ。

気持ちを落ち着けると、庄左衛門はおもむろに語り出した。

「籤は秋の例大祭の折に引かれます」

取水順を決める籤引きは神無月の例大祭の最終日に本殿で行われる。籤の結果により、翌年正月からの取水が実施されるのだ。

本殿には綾女と金峰川から取水する十一の村の代表が集まる。大内領側が六カ村すなわち六人、清瀬領側が五カ村、すなわち五人である。

「籤は木箱に入れられ、白木の台に置かれます」

庄左衛門によると、籤は細長い箸のような形で、各々の先っぽ近くに一から十一までの数字が記されている。

「それらの籤が二つの木箱に五本と六本に分けられて入れられるのです」

ここまで庄左衛門が語ったところで平九郎は問いかけた。

「五本と六本とは清瀬領と大内領の村の数に合わせてなのだろうが、どうしてそんなことをするのだ。十一人の村の代表が一同に会しておるのだから、一つの木箱に十一本全部入れて、それを引いてゆけばよいではないか」

「ごもっともです。以前はそうだったのでございます」

「以前とは金峰水神総本社が天領《てんりょう》であり、御公儀の管轄にあった頃だな」

はい、と首を縦に振ってから庄左衛門は続けた。

「清瀬さまの管轄になり、綾女さまが禰宜をお務めになって籤引きの立ち会いをなさるようになってから、二つの木箱が用意され、五つの籤が入った木箱、六つの籤が入った木箱に分けられました」

「つまり、最初から清瀬領と大内領を分けておるのだな」

「そういうことです」

「何故、そのようなことを綾女殿はなさるのだ」

「籤引きの場でしばしばいさかいが起きたからです」

十一本の籤を一つの木箱に入れて引いていた時は、籤の結果を巡ってその場で言い争い、時には摑み合いの喧嘩が起きたそうだ。

「祭壇《さいだん》が壊れるような不祥事《ふしょうじ》が起きたこともあります」

天領（清瀬）側の村長たちは傲慢《ごうまん》であった。自分たちの作る米は、畏れ多くも将軍さまのお口に入ると居丈高《いたけだか》な振る舞いが多く、それが籤引きの場でも態度に出ていた。大内側の村長たちは不満を抱きながら籤引きに参加していたため、籤引きの場はしばしば荒れたのだった。

「三年前、祭壇を壊してしまったのですが、明くる年、旱魃が起きてしまいまして水不足に陥ったのです。金峰水神さまの罰が当たったのだと、村人たちは恐れを成しました。それで、そのような不祥事が二度と起きないように、綾女さまが清瀬側と大内側を分けて木箱に入れ、分けられた木箱から籤を引くようになさったのです」

綾女は村長たちの前で十一本の籤をよく混ぜ合わせる。祝詞《のりと》を唱えながら何度も何度も混合させ、どちらかの木箱に上位の数字を記した籤が偏《かたよ》ることのないよう村長たちの目の前で示す。

次いで、混ぜ合わせた十一本の籤を五本と六本の束に分け、二つの木箱に入れる。

ここまではよろしいですか、と庄左衛門に確かめられ、

「うむ、続きを話してくれ」

平九郎は先を促した。

「それから、清瀬側、大内側の代表が、綾女さまが差し出す籤をその場で引きます」

それは木箱から籤を引く順番を決める籤だそうだ。白い布切れに、「先」と、「後」の文字が記され、先を引いた方が本殿に残り、最初に籤引きをする。後を引いた方は本殿から出て濡れ縁で待機するのである。

白木の台に乗せられた二つの木箱の中は一から十一が混ざり合っているはずだ。木箱の上には白絹《しろぎぬ》が被せられ、その上から榊《さかき》で作られた玉串《たまぐし》が一つ供えられた。

こうして清瀬側、大内側が分かれて籤を引けば、本殿で籤を巡ったいさかいは起きない、という綾女の配慮だった。

「二つの木箱には十分に混ぜ合わせた籤が入っているのだから、どちらかに偏るわけ

平九郎の言葉に庄左衛門も徳次郎もそのはずです、といぶかしみながら答えた。

「ところが二年続けて清瀬側が上位を占める偏った籤の結果になったのだな」

どんなからくりだと平九郎は思案しながら問い直した。

「金峰水神さまのご神意だと綾女さまはおっしゃいましたが、水神さまが依怙贔屓《えこひいき》なさるはずがねえ、って不満の声が上がりまして、そら、もっともだって、わしら訴えを起こしました」

庄左衛門は強く言い立てた。

「先と後、大内側はどちらで籤を引いたのだ」

「二年前が先、昨年が後でした」

「引く順番は偏ってはいないのだな。もっとも、二つに一つだから、偏ったところで不思議はないのだが……ああ、そうだ」

平九郎はここで声を大きくした。

期待の籠った目を庄左衛門と徳次郎に向けられる。

「清瀬側が籤を引いている間に大内側の木箱を開け、中の籤を取り出して、清瀬側の木箱に上位の籤を入れ直すのではないのか」

途端に庄左衛門と徳次郎の目は失望に染まり、二人は口を揃えてそんなことはあり得ないと平九郎の考えを否定した。

その上で庄左衛門が言い添えた。

「わしが言葉足らずでした。そんな不正が行われないよう大内側、清瀬側、一人ずつ立会人を残しておくのです」

大内側は二回とも庄左衛門が立ち会い、籤の入れ替えは行われていないことを確認したそうだ。浅知恵でぬか喜びしてしまい顔を真っ赤にしながら平九郎は問い直した。

「すると、綾女殿が混ぜ合わせた状態のまま籤が引かれるわけだな。どうやって籤を引くのだ」

「まず、綾女さまが木箱に被せた白絹に乗せた玉串をお取りになります。わしらは白木の台の前で正座をして額《ぬか》ずきます。額ずいていると、綾女さまが玉串でお祓いをしてくださいます。お祓いが終わると、綾女さまは玉串を祭壇に奉納し、白絹を取り払います。それから、綾女さまは木箱の蓋を開け、六本の籤を取り出すと両手で数字が見えないようにして束ねます。綾女さまが祝詞を唱えておられる間、わしらは籤を引くのです」

綾女の手に束ねられた籤を村長が一人一人引いてその場で数字を確かめるのだそう

だ。

「その数字が二年続けて六番以下だったというわけなのだな」

平九郎は念を押した。

二人とも首肯した。

籤引きのやり方はわかった……。

が、からくりはわからない。

まさか、金峰水神の御神意ということはあるまい。補修普請に奉納したという俵同様、からくりが施されているはずだ。評定所の吟味が始まる前に、絵解きをしておかないと訴訟に負ける恐れがある。

清瀬側があくまで金峰水神の御神意だと主張を貫けば評定所としてもむげに否定できない。評定所は大内側に神意ではないことの証明を求める。その場で、籤のからくりを明らかにせねば訴訟は負けだ。

そして、負ければそれが先例になる。

幕府も大名家も奉行所も訴訟において何よりも重視するのは先例である。今回の籤引きがあくまで金峰水神の御神意の結果という裁許が下ってしまえば、それが先例となり、来年以降の籤引き結果も清瀬側が上位を占めようが、訴えを起こすことすらできなくなってしまうのだ。

それは平九郎も庄左衛門も徳次郎もわかっているだけに、重苦しい空気が漂った。

すると、沈滞した雰囲気を払い除けるような、

「御免《ごめん》よ！」

と、陽気な声が聞こえ、佐川権十郎がやって来た。手に五合徳利《どっくり》を提《さ》げている。声音同様の明るく派手な小袖を着流した異形《いぎょう》の侍の出現に、庄左衛門と徳次郎は戸惑いの表情となった。

平九郎が佐川を紹介し、大内家のために役立ってくれる旗本だと言い添えた。

「ま、そういうこった。おれのことなんぞ、詳しく知ることたあねえよ」

ざっくばらんな調子で佐川は声をかけ、五合徳利に入った酒を庄左衛門と徳次郎に勧めた。庄左衛門と徳次郎は畏《かしこ》まって遠慮した。平九郎が籤引きの様子を語り、

「からくりがあるに決まっているのですが、それが、さっぱりわからないのです」

と、行き詰ったことを話し、このままでは評定所の吟味に負けてしまい、それが先例となる恐れを苦しげに言い添えた。

さすがの佐川もひるむと思いきや、

「なんだ、そんなことで悩んでいるのかい。陰気な面《つら》をしていると、気持ちまで塞《ふさ》ぐ

ってもんだ。気持ちが塞いだら、評定所に出る前に負けだぞ。もっと、明るく……ほら、頰を緩《ゆる》めて、口を開けて」

などと平九郎たちに表情を緩めるよう求めた。佐川の言い分はわかるが、そんなことを言われても素直に従えるはずはない。庄左衛門と徳次郎は戸惑いながらも無理して頰を緩め、却《かえ》って強張《こわば》っている。

「佐川さん、本当にわかるのですか」

平九郎はわざとぶっきらぼうに問いかけた。庄左衛門と徳次郎はおずおずと佐川を見返す。

「平さん、以前おれは勧めただろう。寄席《よせ》に通いなって……通っていないだろう」

寄席通いと今回の籤引きとどう関係するのかと、平九郎は不満と困惑を胸に抱きながら佐川を見返し、通っていませんと正直に謝った。正直に免じて許す、と鷹揚《おうよう》に返してから、

「寄席でな、手妻をやっているんだ。手妻の種っていうのはな、客の注意を一点に向けさせ、その隙に技を駆使《くし》する。つまり、右手の中に銭が入っていると思わせ、実は左手とか耳の後ろに隠したりするんだ。金峰水神総本社の本殿で行われた籤引きの種はな、綾女のお祓いだよ」

佐川は玉串を左右に振るお祓いの格好をした。

「つまり……」

はっとして平九郎が問い返すと、

「村人がお祓いを受ける間、白木の台に置かれた木箱をすり替えた、そう、六から十一までの数字が記された籤が入っている木箱とな。おそらく、台の下に人が隠れていたんだろうぜ。手妻、からくりってのはな、仕掛けるまでが肝心《かんじん》、手間暇かけて丁寧にやればやる程、効き目があるんだ。綾女はもっともらしく籤を混ぜ合わせ、木箱二つに籤を分けたんだろう。いかにも神事《しんじ》のようにな」

佐川の推察は説得力があった。

庄左衛門と徳次郎は呆気《あっけ》に取られたようにぽかんとしている。

「手妻のからくりは呆気ないものさ。幽霊の正体見たり、枯れ尾花《おばな》ってやつだな」

声を上げて佐川は笑った。

佐川が籤引きのからくりと解き明かしてくれ、雰囲気は俄然《がぜん》明るくなった。庄左衛門と徳次郎はほっとしたようで、佐川が持参した酒を飲み、いつの間にか舟を漕ぎ始めた。

平九郎は佐川に向き、

「佐川さんのお陰で、籤引きのからくりの絵解きは出来ましたが、それを評定所の吟味で明らかにしなければなりません」

と、現実に立ち返って言った。

「それはそうだが……」

佐川も現実に引き戻されたようで目を凝らした。

「わたしが思うに今回の訴訟沙汰、清瀬伯耆守さまは深く関わっておられませぬ。金峰水神総本社も江戸の支社も運営は林田と綾女に委ねております。公明正大を政の信条としておられるのは、満更方便ではないようです。そして、評定所での吟味に上ることを望んでおられませぬ。もし、林田と綾女の不正、籤引きのからくりが明らかとなれば、伯耆守さまは評定所での決着を取り下げ、大内家側領民の訴えを受け入れるのではないでしょうか。佐川さん、わたしは甘いでしょうか」

平九郎は佐川を見た。

「さて、清瀬伯耆守、どう出るだろうな。公言しているように公明正大な御仁なのかどうか……ともかく、林田右近と綾女を追い詰めるのが先決だ」

佐川は言った。

三

藤間は金峰水神社にやって来た。

夕暮れとなり、金峰水神祭の前夜祭の最中であった。

境内の真ん中に櫓《やぐら》が組まれ、太鼓が打ち鳴らされている。櫓を中心に踊っている者もいた。本祭は神輿が繰り出されるそうだ。

木綿の着物を身にまとい、境内の中を彷徨った。境内では龍の面を被った男たちが、陽気に語らっている。氏子にしか供給されなかった面だが、水神祭に合わせて社務所で売られていた。

藤間も面を買い求めて被り、踊りの輪の中に入った。

踊り疲れ、境内に設けられた菰掛けの茶店で一休みをする。心地よい疲労で、冷たい水がありがたかった。境内の井戸から汲み上げられる水神さまの御利益があるという水であった。

「ほんと、ご利益があるのかな」

藤間は誰に聞くでもなく、呟いた。

「あるに違いないよ」

客の一人が答えた。

他の客も、

「気分が良くなるよ」

と、言う者、

「病《やまい》が治ったよ」

大真面目な顔で言い立てる者もいた。

藤間も何気ない様子で、

「身体が良くなってはいないけど、運が向いてきた気がするな。これも御利益かな」

たちまち、「そうだ」と応じる声が上がり、どんな具合に運が向いてきたのだと興味深々に訊かれた。

「金峰水神さまの水を飲んだ帰り、財布を拾ったんだ。中を見るとな、一両と二分が入っていた。水神さまの御利益だ。みんな、一杯やってくんな」

と、得意な顔となり、藤間はみなへの振る舞い酒をした。

「すまねえな」

「こりゃ、ありがてえや」

などと、藤間は受け入れられた。すっかり和やかな雰囲気となったところで、藤間は語りかけた。

「ところでな、横手藩大内家じゃあ、ご家来の無礼討ちの証人を募集しているんだってさ。特に、金峰水神社のお面を持っていると、いいってことなんだよ。賞金が出るんだってさ」

すると途端に、みなの顔が曇った。何か触れてはならないものに触れたような気がした。

「ど、どうしたんだい。証人になるだけで、十両貰えるんだ。濡れ手に泡ってもんだろう。考えようによっちゃあ、これも金峰水神さまの御利益ってもんじゃねえかい」

藤間は言い添えた。

すると、

「それはいけないよ。あんた、その場に居合わせていないんだろう。嘘の証言なんかしたらいけない」

咎める者が現れた。

「だって、証人になるだけで十両が得られるんだぜ」

「だから、罰当たりなことはしちゃあいけないんだ」

むきになって男は反対した。

「だけど、十両が手に入るんだ」

尚も藤間が言い立てると、

「水神さまに逆らうのか」

一人が怒りを示し、

「罰当たりめ」

などと何人かが藤間を囲んだ。

「な、なんだよ。そんなに怒らなくたっていいじゃないか」

藤間は尚も証人になると言い立てた。

「おまえな、そんなことしてみろ」

男は怒りの形相である。

「どうして、いけないんだよ」

藤間は敢《あ》えて逆らった。

「うるさい」

頭ごなしに男は怒鳴る。

たちまちにして藤間は縁台から引きずり倒され、蹴られた。

「わかったから勘弁《かんべん》してくれよ」

慌てて藤間は許しを請《こ》うた。

「わかったな。二度と妙な了見《りょうけん》を起こすんじゃないぞ」

捨て台詞と共に男たちは茶店から出ていった。藤間は顔をしかめながら腰を上げ、縁台に腰かけた。

「あんた、余計なことを言わない方がいいよ」

店の亭主が声をかけてきた。

「でもな、いい儲け話だと思うんだがな」

何処までも惚けた様子で藤間は言い立てた。

「まあ、痛い目に遭いたくなかったら、そんなことはよすんだな」

「ああ、わかったよ。でも、どうしてだろうな。いや、おいらがやろうとした、見てもいないのに嘘の証言をするのはよくないってことはわかるんだけど、そもそも証人になるなっていうのはわからないな」

当惑するように藤間は言った。

余計なことは訊くな、というばかりに亭主は口を閉ざしてしまった。

「触らぬ神に祟《たた》りなし、ってことかな」

藤間は苦笑した。

すると、亭主が重い口を開くように、

「念のために忠告してやるがな、何とかって大内さまのご家来の証人……無礼討ちの証人になろうって大内さまの藩邸に駆け込まない方がいいぞ」

「どうしてだい」

「大内さまじゃな、厳しい詮議《せんぎ》があるそうだ。それで、偽物だってわかったら、咎められるんだってさ」

「どんな風に咎められるんだい」

「さて、そこまでは知らないが……まあ、さしずめ、五十叩きくらいにはされるかもな」

亭主はニヤリとした。

そんな噂が流れているようだ。証人を出さないための流言だろう。

それにしても妙だ。

「おれのような金目当ての不届き者じゃなくて、ちゃんとした正真正銘の目撃者もいるだろう……そう耳にしたぜ。金峰水神社の氏子が無礼討ちの一部始終を見ていたって。その時は、このお面、氏子にしか配られていなかったんだってな」

藤間は龍の面を被った。

亭主はうなずき、

「氏子の中で証人になりたいって奴は馬喰町の自身番に行くよう綾女さまからお触れが出ているんだよ」

「どういうことだい」

さすがに藤間は戸惑った。

「綾女さまはとてもお優しいお方なのさ」

益々わからないことを亭主は言い出した。藤間が口を閉ざすと亭主は続けた。

「綾女さまは無礼討ちにされた紋次郎さんを親切に面倒みてやりなさった。紋次郎さんはそのことを深く恩にかんじて、金峰水神社に役立とうとしたんだよ」

紋次郎は金峰水神社を守る清瀬家相手に訴訟を起こした大内家を不快に思っていた。そこへ、大内家の家来秋月慶五郎がやって来たため、てっきり金峰水神社に邪《よこしま》な行いをするためだと信じ込んだ。

「それで、紋次郎さんは秋月ってお侍をつけ回した。案の定、秋月さまは大内さまの訴人が逗留する公事宿に立ち寄った。それを見た紋次郎さんは秋月さまに食ってかかった。その結果、無礼討ちに遭いなすった。氏子方がね、紋次郎さんが血相を変えて秋月さまを追いかけたんで、綾女さまが心配なすって氏子方に追いかけさせたんだ……でも、あんなことになっちまって」

亭主はしんみりとなった。

佐川が無礼討ちについて探りを入れたため、綾女に都合のいい話が仕立てられているようだ。

「なるほど、綾女さまはお優しいね。でも、綾女さまはどうして馬喰町の自身番に行くようにおっしゃっているんだい」

藤間の問いかけに亭主は感に堪《た》えないような顔つきとなって答えた。

「氏子方は紋次郎さんのために無礼討ちの証人にならないって、結束していらっしゃるんだけど、そうは言っても中には嘘をつくことに苛《さいな》まれたり、賞金が欲しいって者もいるだろう。そういう者は馬喰町の自身番に南町の藤野って旦那を訪ねなさいって。藤野の旦那なら、大内さまの詮議を受けずに八丁堀同心の権限で証人にしてくれるって、そう教えてなさるよ。もっとも、あんたは偽者なんだから、藤野の旦那を訪ねる資格はないがね」

綾女はずいぶんと手の込んだことをするものだ。

「わかったよ。おいら、いくら何でも八丁堀の旦那相手に偽りの証人になんかならないよ」

藤間は卑屈《ひくつ》な笑みを浮かべた。

「それがいいさ」

亭主はうなずいた。

すると、数人の商人風の男たちが入って来た。男たちは冷たい麦湯を頼むと、浮き浮きとした様子で話し始めた。

やり取りからすると、本町の薬種問屋の主人たちのようだった。金峰水神社の水を買い求めているそうだ。これから、買い付けの価格の値決めと仕入れの量につき、綾女からご神託を告げられるという。

「金峰水神さまのお水、御利益があるんだね。これからは薬種問屋で売られるんだね」

藤間が亭主に語りかけた。

「薬種問屋も御利益のある水はありがたいってことでね、そりゃもう、売りたがっているんだよ。問屋から行商に卸《おろ》すんだろうさ」

亭主は言った。

「でも、いくらご利益があるって言っても所詮《しょせん》は水なのにね」

小馬鹿にしたような藤間の言い方に、

「こら、罰が当たるよ」

亭主は両目を吊り上げた。

「すまない」

藤間は詫びてから、馬喰町の自身番に顔を出そうと思った。

四

平九郎と佐川が公事宿で今後について話し合っているところへ、藤間がやって来た。何と、南町奉行所の藤野与一郎と一緒だ。いや、一緒というより藤間は藤野の羽織の襟首を摑んで、引き立てて来た。

自分の横に藤野を座らせると、

「こいつ、とんだ食わせ者ですよ」

と、蔑《さげす》みの目を向け藤間は連れて来たわけを話した。綾女が秋月の無礼討ちを見届けた氏子に大内家藩邸に出向くのではなく馬喰町の自身番に藤野を訪ねるよう指示し

ているのを怪しんで、

「藤野を訪ねました。そうしましたら、こいつ、網を張っていたんです。つまり、氏子の中から証人が出る場合に備え、綾女は藤野に網を張るよう依頼していたのですよ」

証人になると申し出た者は藤野が因果を含めるか、口を封じるそうだ。

「綾女は随分と手の込んだことをするもんだな。それに、近頃の八丁堀同心は金のためなら何でもやるんだな。それも、金峰水神さまのご利益かい」

佐川は藤野の頭を小突いた。

「勘弁してください」

藤野は額を畳にこすりつけた。

平九郎は怒りを抑え、

「あなたは、綾女殿の手先だったのですか」

顔を上げ藤野は卑屈な笑いを浮かべ、

「はなっからじゃないですよ。初めのうちはちゃんと真面目に大内さまのお役に立とうと、証人探しをしたんです。それが……言い訳にもなりませんが、金峰水神社の氏子に当たるうちに綾女さまに呼ばれて……で、こんなことになってしまって」

すみません、と頭を下げた。藤間は藤野の頭を小突こうとしたが呆れたように舌打ちして止めた。

「それで、何人の氏子を網にかけたのだ」

平九郎の問いかけに、

「誰も引っかかっていません。みな、綾女さまの言いつけに従っているんです」

声を上ずらせ、藤野は答えた。

藤間は薬種問屋が金峰水神社に水買い取りの商談にやって来たことを報告した。

「そりゃ、阿片だよ」

佐川が言うと、平九郎が君塚村で芥子が栽培され阿片が製造されおり、それを江戸で売り捌く企てを説明した。

藤間は納得したように首を縦に振り、

「紋次郎は阿片を吸って気を大きくして秋月殿に絡んだのでしょうね」

と、言った。

平九郎も佐川もそうだろうと納得した。

平九郎と佐川は金峰水神社に乗り込んだ。

藤間は藤野を綾女からの証人口封じの証言をさせるため、大内藩邸へと連行した。

境内は篝火《かがりび》が燃え盛り、櫓太鼓《やぐらだいこ》が盛大に打ち鳴らされ、笛が奏《かな》でられている。櫓の周囲では大勢の男女が躍っていた。太鼓や笛の調子に合わせるのではなく、銘々勝手に手や足を大きく動かしている。

神楽殿《かぐらでん》では白拍子《しらびようし》が舞いを披露しているのだが、何とも言えぬ違和感がする。立《た》烏帽子《えぼし》を被り、水干《すいかん》、単《ひとえ》、紅長袴に身を包んだ優美な姿で雅楽に合わせて舞っているのだが、太鼓の音と踊りに耽溺《たんでき》する男女の賑やかな声に埋没しているのだ。

境内は人々の熱気に満ち溢れていた。

「これは、異様なる光景ですね」

平九郎は茫然《ぼうぜん》とたたずんだ。

「見ろよ、平さん。踊っている連中の顔……」

薄気味悪そうに佐川は肩をそびやかした。

なるほど、身体は躍動しているのだが、目はうつろで口は半開きになっている。見えない糸で操られる傀儡《くぐつ》の集団のようだ。

「薬種問屋の連中もこの有様を見たんだろうな」

佐川に言われ、

「異様さに腰が引けたのでは……」

平九郎が返すと、

「いや、薬種問屋どもは薬の効き目を目の当《ま》たりにして、購買意欲が一段と高まったんじゃないか」

佐川は冷笑を放った。

「綾女と林田は薬種問屋に見せつけるために、踊らせているのかもしれませんね」

得心がいき、平九郎は綾女と林田の商魂《しょうこん》に呆《あき》れつつも感心した。

「行くぜ」

佐川は両手を上げ、踊りながら本殿に向かった。平九郎は、踊りはしなかったが軽快な足取りで佐川に続いた。

平九郎と佐川は足音を忍ばせ本殿の階《きざはし》を上がった。濡れ縁に立つと開かれた蔀《しとみ》戸《ど》から中を覗く。

四方に燭台が置かれ。蠟燭の炎が夜風に揺れている。月明りが差し込み、本堂の中をほの白く照らし出していた。

祭壇の前で林田と綾女が向かい合い、

「思ったより、高く売れそうだな」

喜びの声で林田が言うと、

「もっと高く売れます」

あくまで冷静に綾女は返した。

「欲深いのう」

林田は笑みを深めた。

「わたくしではなく、金峰水神さまがお望みでございます」

大真面目に綾女は切り返した。

林田は居住まいを正し、

「いや、まこと、その通りである」

と、祭壇に向かって柏手を打った。

次いで、二人は顔を見合わせるとどちらからともなく、哄笑《こうしょう》を放った。勝利に酔いしれているようだ。

「平さん」

佐川に声をかけられ平九郎は眦《まなじり》を決すると本殿の中に足を踏み入れた。佐川も大股で入って来た。

林田と綾女が同時にこちらを見た。

「薬種問屋ども、阿片を高く買ってくれるのですな。とんだ、御利益のある神水だ」

平九郎は吐き捨てた。

林田が反論に出ようとする前に佐川が捲し立てた。

「惚けおって、こちとらお見通しだ。南町の藤野も証人に押さえてあるぜ。秋月の無礼討ちも明らかにできるさ」

林田はどす黒く顔を歪ませたのに対し、綾女はすまし顔で立ち上がった。

「狼藉者《ろうぜきもの》、金峰水神さまの御霊《みたま》を穢すでない！」

凛《りん》とした声で言い放つと、闇の中から龍の面を被った男たちが湧き出た。彼らは匕首《あいくち》や長脇差を手に階を駆け上がり濡れ縁に立った。

「ざっと、二十人か。みな、金峰水神さまの使いかい。それとも水神社の氏子か。ま、どっちでもいいや。得物を持っているってことは、暴れていいって、綾女さま、いや、金峰水神さまのお許しが出たってことだ」

佐川は綾女と林田の顔を交互に見た。

「口数の多い男だ」

林田が揶揄《やゆ》すると、

「それがおれの取り柄ってもんだ。平さん、やるぜ」

平九郎に声をかけるや佐川は蔀戸を支えている棒を摑み取った。ばたんと大きな音を立て、蔀戸が閉まる。

同時に佐川は棒で男たちに殴りかかった。敵は算《さん》を乱し、濡れ縁から白砂に降りる。

平九郎は抜刀し、峰を返すと殺到して来た敵の首筋、肩などを打ち据えてゆく。敵は膝から頽れ、悲鳴を上げながら濡れ縁をのたうった。

調子づいた佐川は棒を鑓《やり》のように頭上で振り回し、白砂に群れている敵の真っただ中に飛び降りた。

棒で面を割り、脛《すね》を払い、先端で鳩尾《みぞおち》を突く。

「骨のある奴はいないのか」

物足りなさそうに不満を言い立て、敵に迫る。

「ならば、拙者が相手を致す」

林田は濡れ縁に立ち、羽織を脱ぎ捨てると大刀の下げ緒で襷掛けをした。次いで、悠然とした足取りで階を降りる。

素足で白砂を踏みしめ、林田は腰を落とすと抜刀し八双に構えた。

「構えはよし、だな」

からかいの言葉を投げ、佐川は棒を右手に持ち自分の肩をぽんぽんと叩いた。

ふてぶてしい佐川の態度に林田は顔を真っ赤にした。

「ぼけっとしていないで、どっからでもかかってきな」

林田を小馬鹿にするように佐川はあかんべ〜をした。

「おのれ」

頭から湯気を立てんばかりの勢いで林田は間合いを詰めてきた。

佐川は大きく踏み出し、渾身《こんしん》の力を込めて右手の棒を横に払った。

鈍い音と共に林田の大刀がぽろりと折れた。

林田は唖然《あぜん》とした目で折れたわが刀を見つめた。

「手入れを怠っているんだよ。刀は武士の魂、てめえの魂はとっくに折れていたんだ」

佐川は棒で林田の横っ面を殴った。

鼻血を飛び散らせ、林田は仰向けに倒れた。

平九郎は再び本殿に飛び込んだ。

綾女が静かに立ち尽くしている。

大刀を下段に構え、綾女に近づく。燭台の蠟燭の炎が綾女を玄妙《げんみょう》に映し出している。平九郎に迫られても綾女は動ぜず、妖艶《ようえん》な笑みを浮かべ、白衣の懐から扇子を取り出し、さっと拡げる。

嫌な予感がし、平九郎は立ち止まった。

綾女は扇子をぱたぱたと振った。すると、小さな蝶《ちょう》が舞う。蝶の数は増え、やがて群れを成して平九郎目がけて飛んできた。

「危ねえ！」

佐川の叫びが聞こえるや、不意に平九郎は突き飛ばされた。平九郎は板敷を転がった。

そこへ、面を割られた男が二人、駆け込んで来た。二人の顔に蝶が群がった。

「ああっ～」

「ううっ」

二人は顔を押さえ床をのたうち回った。蝶は紙で折られており、劇薬が塗られている。

佐川が助勢しようとするのを平九郎は制し、

「横手神道流、必殺剣朧月！」

と、腹の底から野太い声を発した。

と、初秋の夜更けに麗《うら》らかな春の日差しが平九郎を温かく包み込んだ。

綾女の顔は怪訝に彩られたが、再び扇子で紙の蝶に風を送った。

蝶の群れが舞い上がる。

平九郎の前に薄い蒼《あお》の靄《もや》のようなものがかかり、綾女の耳に野鳥や小川のせせらぎが聞こえる。

平九郎は木刀の切っ先をゆっくりと動かし始めた。吸い寄せられるように蝶の群れが舞い寄ったが、すぐに反転すると綾女の方に飛んでいった。

ここで、平九郎は切っ先で八文字を描いた。

綾女の瞳に平九郎の大刀が朧《おぼろ》に霞《かす》む。

平九郎は木刀を正眼に構え直した。

「去りなさい！」

綾女は激しく扇子を動かし、蝶の群れを払った。蝶を避けながら綾女は平九郎に奔《はし》り寄る。

が、そこにいるはずの平九郎の姿はない。

綾女は慌てて周囲を見回した。

平九郎は綾女の前に立つと、大刀の切っ先を鼻先につきつけた。

綾女はへなへなと頽れた。


十日後、平九郎は佐川に連れられ神田明神下にある寄席にやって来た。

舞台には女芸人が手妻の一種、水芸を披露《ひろう》している。真紅の小袖に草色の袴と肩衣《かたぎぬ》を身に着け、閉じた扇子を向けると水が迸《ほとばし》り出る。そのたびに客席から歓声が上がった。


「綾女は手妻使いだったそうですよ」

平九郎は綾女が手妻使いだったと佐川に教えた。佐川は我が意を得たりとばかりに手で膝を叩いて、問い返した。

「やはりな。籤引きのからくりと言い、本殿で見せた紙で折った蝶……胡蝶《こちょう》の舞っていう手妻芸だからな。林田は何処で目をつけたんだい」

「上野国榛名城下の神社で芸を披露した旅芸人一座に加わっていたそうです。林田は綾女の手妻の技量、凛とした器量を気に入り、禰宜に仕立て上げたのです」

「林田はどうなった」

「切腹も許されず、榛名城下に引き立てられ、打ち首に処せられるとか……綾女は町奉行所に身柄を預けられました」

「清瀬伯耆守は側用人を辞したそうだな」

「側用人辞職と出羽羽後に加増された三千石の領地を御公儀に返上なさります。ですから、金峰水神総本社の管理は再び御公儀に任されます。今後は取水の籤まことに、金峰水神さまの御神意が下されることでしょう」

平九郎の言葉を受け、

「秋月の無礼討ちは認められ、清瀬家は評定所の訴えを取り下げた上に大内家に慰謝料を払うそうだな」

佐川はよかったと言い添えた。

「お耳が早いですね。大殿からお聞きになりましたか」

「相国殿、まずはご満悦だった」

「慰謝料から絵の画材費を用立てよと申されるかもしれません」

平九郎は舞台に集中しようとした。

「それがな、相国殿、費用はいらぬそうだ」

平九郎は舞台から視線を佐川に移した。

「絵描きに飽きたようだ。それと、慰謝料は今回訴訟にやって来た村に与えよ、と盛義殿に申されたとか」

佐川は水芸に目を凝らした。

盛清は絵に描いた村々の光景を思い浮かべ、今回の決着を心から喜んでいるだろう。

「あっ、冷たいっ」

舞台から飛んできた水が平九郎の頬にかかった。慌てふためく平九郎を見て、佐川は腹を抱えて笑った。

時代小説

二見時代小説文庫

陰謀《いんぼう》！無礼討《ぶれいう》ち　椿平九郎《つばきへいくろう》留守居秘録《るすいひろく》3

二〇二一年　九　月二十五日　初版発行

著者　早見《はやみ》　俊《しゅん》

発行所　株式会社　二見書房

〒一〇一-八四〇五
東京都千代田区神田三崎町二-一八-一一
電話　〇三-三五一五-二三一一［営業］
　　　〇三-三五一五-二三一三［編集］
振替　〇〇一七〇-四-二六三九

印刷　株式会社　堀内印刷所
製本　株式会社　村上製本所

ISBN978-4-576-21135-0
https://www.futami.co.jp/

麻倉一矢

剣客大名 柳生俊平

シリーズ

以下続刊

① 剣客大名 柳生俊平《としひら》 将軍の影目付
② 赤鬚の乱
③ 海賊大名
④ 女弁慶
⑤ 象耳《ぞうみみ》公方
⑥ 御前試合
⑦ 将軍の秘《ひ》姫《め》
⑧ 抜け荷大名
⑨ 黄金の市
⑩ 御三卿《ごさんきょう》の乱
⑪ 尾張の虎
⑫ 百万石の賭け
⑬ 陰富大名
⑭ 琉球の舞姫
⑮ 愉悦の大橋
⑯ 龍王の譜
⑰ カピタンの銃
⑱ 浮世絵の女

徳川家御一門である久松松平家の越後高田藩主の十一男は将軍家剣術指南役の柳生家一万石の第六代藩主となった。伊予小松藩主の一柳頼邦、筑後三池藩主の立花貫長と一万石大名の契りを結んだ柳生俊平は、八代将軍吉宗から影目付を命じられる。実在の大名の痛快な物語！